www.mayabook.co.kr

www.mayabook.co.kr

플레이볼 ❸

지은이 | 준느
펴낸이 | 권순남
펴낸곳 | (주)마야 · 마루출판사

등록 | 2008. 1. 7(제310-2008-00001호)

초판 인쇄 | 2019. 1. 21
초판 발행 | 2019. 1. 24

주소 | 서울시 노원구 상계 1동 1049-25 신영산업 BD 602호
대표전화 | 02-2091-0291
팩스 | 02-2091-0290
이메일 | marubooks@hanmail.net

ISBN | 978-89-280-9080-8(세트) / 978-89-280-9420-2
정가 | 8,000원

잘못된 책은 교환하여 드립니다.
저자와 협의하여 인지를 붙이지 않습니다.

「이 도서의 국립중앙도서관 출판시도서목록(CIP)은 서지정보유통지원시스템 홈페이지(http://seoji.nl.go.kr)와 국가자료공동목록시스템(http://www.nl.go.kr/kolisnet)에서 이용하실 수 있습니다.」
(CIP제어번호:CIP2018042683)

PLAY BALL
플레이볼
③

AYA & MARU SPORTS FANTASY STORY
느 스포츠 판타지 장편소설

마야&마루

목 차

Chapter 11 ···007

Chapter 12 ···069

Chapter 13 ···131

Chapter 14 ···195

Chapter 15 ···257

Chapter 11

김아린은 '고교 야구, 그리고 인천 야구'라는 제목의 칼럼을 게재했다.

〈…인천은 우리나라에서 가장 처음 야구가 시작된 야구의 발상지다.

하지만 프로야구 원년 이후 슈퍼 스타즈, 핀토스, 돌핀스, 유니콘스 등 인천을 대표하는 동물(?)들은 전국의 프로팀을 통틀어 가장 변화무쌍하게 바뀌어 왔다.

그건 쉽게 말해 성적이 좋지 않았기 때문이었다.

심지어 유니콘스가 말년에 연고지를 타 도시로 옮겨 버리면서, 인천의 야구팬들은 졸지에 응원할 팀이 없어져 버리기도 했다.

프로야구 출범 이후 단 한 번도 우승을 하지 못했던 인천 팀들은 유니콘스가 우승을 해내면서 감격을 맛봤지만, 그마저도 의미가 퇴색되어 버린 상황.

이런 과정을 지켜보면서 인천의 야구팬들은 오만 정이 다 떨어져 나갈 수밖에 없었을 것이다.

그나마 새 천년을 맞아 창설된 인천 드래곤즈. 하지만 드래곤즈가 파산한 전주 레이더스 선수들을 흡수해 시작하게 됐다.

덕분에 실낱같던 '인천 야구'의 명맥은 완전히 끝난 거나 다름없었다.

그런 '인천 야구'가 다시 꿈틀거리고 있다.

이번 청룡기 전국고교야구대회를 기점으로 변화가 감지되고 있는 것인데, 그 주인공은 역시 인천고다.

얼마 전 난투극으로 화제가 됐던 인천고는 오는 8월부터 시작되는 봉황대기 전국고교야구대회를 위해 강도 높은 훈련을 이어 가는 중이다. 2006 고교 랭킹 1위를 다투던 김광훈을 영입한 드래곤즈는 인천의 텃밭 인천고와 동산고를 주시하고 있다.〉

드래곤즈 김성훈 감독은 김광훈의 투구를 살펴보며 흡족해했다.

"저 정도 밸런스에 구위면 당장 내년 신인왕도 노려볼 만하겠어요. 그런데 김광훈을 청룡기 결승에서 쥐고 흔든 게 인천고였죠?"

김성훈의 옆을 지키고 선 최고석이 고개를 끄덕였다.

"예. 워낙 이슈가 돼서 아시겠지만, 스카우트 팀에서 공들이고 있는 루키가 있습니다. 윤진우 선수라고, 슈퍼 스타즈 윤선우 선수의 아들입니다. 인천고엔 최근에 은퇴한 이승후와 안치효를 코치로 보내 놨습니다."

"소식은 들었어요. 인천고에 재밌는 선수가 있다고."

재일교포 출신의 김성훈은 말투가 약간 어눌했지만, 쉽게 범접할 수 없는 카리스마를 가지고 있었다.

최고석은 준비한 본론을 꺼내 들었다.

"저… 감독님 재량으로 인천고 선수들을 초청해서 우리 2군 선수들이랑 시합을 붙여 보면 어떻겠습니까?"

김광훈에게서 눈을 떼지 않은 채 김성훈이 답했다.

"최 팀장이 보기엔 그렇게 할 만한 가치가 있는가 보죠?"

최고석이 연신 고개를 끄덕였다.

"같은 연고지 후배들을 육성하는 차원인 거고, 또 감독님께선 유망주 선수들을 가까이서 볼 수 있으니 좋고요. 저도 스카우팅이 한결 편해지기도 하니까요. 감독님, 어떻게, 가능할까요?"

 김성훈 감독은 표정 하나 바꾸지 않고 무뚝뚝하게 대답했다.

"내가 단장이랑 이야기해 볼게요."

 애매한 답이었다.

 최고석은 머리를 긁적이며 쇼케이스 중이던 김광훈에게 시선을 옮겼다.

 '김광훈을 적잖이 맘에 들어 하는 것 같은데. 저 김광훈을 쥐고 흔든 게 윤진우라고. 김 감독님이 움직인다면 윤진우 잡는 게 한결 쉬워질 수 있어.'

 최근 들어 부쩍 늘어난 메이저리그 스카우트들 때문에 최고석은 노심초사했다.

 여러모로 이번 친선전이 꼭 성사가 되길 바라는 마음이었다.

 김성훈 감독은 모 기업 구단주와 단장으로부터 절대적인 신임을 얻고 있었다.

 덕분에 실질적으로 프런트까지 꽉 쥐고 있는 상황.

 최고석으로선 김 감독의 구미가 당기도록 유도한다면 일이 한결 더 쉬워질 거라는 생각이었다.

 시위하듯 공을 뿌려 대던 김광훈은 김 감독이 보일 듯 말 듯 고개를 끄덕이는 것을 발견하고 멍하니 서 있었다.

 그러자 최고석이 박수를 치며 상황을 정리했다.

"자, 오늘 그만합시다! 정식 입단할 때까지 아무쪼록 어깨 관리 잘하고, 무슨 일 있으면 바로 연락해요."

창단 이후 하위권을 전전하던 드래곤즈는 김성훈 감독이 지휘봉을 잡은 올해 전반기 동안 4위 자리를 사수하는 중이었다.

김광훈이라는 대어를 수혈한 김성훈으로서는 그를 흔들었던 선수가 연고지 안에 있다는 게 반가울 수밖에 없었다.

며칠 후.

인천고 선수들은 전날 측정한 체력 측정 결과 발표를 기다리며 화이트보드 앞에 모여 있었다.

지난 측정에서 종합 1위를 차지했던 진우가 열외로 빠진 상황.

새로운 1위는 강시환이었다.

전체 7위를 차지한 류현석이 시환에게 투덜댔다.

"너 지난번에 19위 아니었냐? 나보다 한 단계 아래였는데, 어떻게 1등을 했냐?"

"그게… 장비도 새로 받고 해서 그런가, 훈련이 너무 재밌어서."

게다가 저번 측정에서 악력 부분 1위를 차지했던 류현석은 2위로 내려가 있었다.

새로운 악력 1위는 진우였다.

능력치를 1 올리려면 얼마나 고된 훈련을 해야 하는지 잘 알고 있었던 진우였다.

누구한테 말도 못하고, 묵묵히 악력기를 부서질 듯 눌러왔던 진우는 류현석을 큰 폭으로 따돌렸다.

전체 2위를 차지한 진동준은 내심 뿌듯했는지 옅은 미소를 짓고 있었다.

'빨리 위너스랑 붙어 보고 싶다. 내 공이 얼마나 통할지 궁금해.'

윤 감독은 각 부문 1위를 한 선수들을 차례로 소개하며 박수를 유도했다.

"전체 1위는 1학년 강시환이다. 유연성, 순발력, 민첩성 부분에서 단독 1위, 나머지 부분에서도 우수한 기록을 냈다. 자, 박수."

짝짝짝-

지난번 측정 때와 마찬가지로 낮은 순위에 이름을 올린 고학년 선수들은 반성하는 얼굴로 박수를 아끼지 않았다.

"근력 부분에선 2학년 최은강이 단독 1위다. 박수."

짝짝짝-

"근지구력에선 3학년 진동준이 1위를 차지했다. 박수!"

짝짝짝-

진우는 주요 선수들이 좋은 성적을 내는 것을 보며 훈련이 성적으로 이어지는 효과를 실감했다.

맞춤 훈련 덕분인지 능력치들도 많이 상승했어.

진우는 모든 지표에서 세 손가락 안에 이름을 올린 나요한을 새삼 대견하게 바라봤다.

나요한은 아직 이렇다 할 활약을 보여 줄 만큼 성장하진 못했다.

하지만 전국대회에 교체 선수로 몇 번 출장하면서부터 부쩍 의욕이 넘치는지 고강도 훈련을 척척 이겨 내는 모습을 보여 줬었다.

"요한아, 너 저번 측정 때 전체 몇 위였지?"

"32등이었던 것 같아. 많이 올랐지? 진짜 열심히 했거든."

평소 성격답게 쾌활하게 웃으며 답하는 요한에게 진우는 엄지를 치켜세웠다.

"대단하다. 성장 폭은 네가 제일 큰 것 같은데? 너무 무리하진 말고, 앞으로도 잘해 보자."

"고마워, 부주장. 너도 얼른 돌아오면 좋겠어. 네가 우리 팀 전력의 70퍼센트잖아."

"이 기세라면 요한이 네가 앞으로 70퍼센트 될 것 같은데?"

열심히 한 선수일수록 자부심을 가질 수 있는 시간이었다.

진우는 화이트보드로 시선을 옮겼다.

지금 주전급 선수들 평균 오버롤이 80 정도에 에이스급 선수는 90 언저리까지 올라왔으니. 이 기세라면 봉황대기도 해 볼 만하다.

내일 위너스 경기가 좋은 경험이 될 거야.

진우는 보드 한쪽에 걸려 있는 봉황대기 대진표를 살폈다.

회귀 이전에 06년 봉황대기 우승 팀은 덕수정보였다.

광주동성고 에이스 양현주를 맞아 무명의 1학년 선수가 깜짝 호투를 펼치면서, 가까스로 우승기를 가져왔던 것.

진우는 당장 다음 주로 다가온 북일고와의 32강전을 먼저 생각했다.

회귀 이전엔 북일고한테 바로 패배하면서 봉황대기가 날아갔었다.

이번에 북일고를 잡으면 부전승으로 올라올 속초상고와 16강전.

높은 확률로 경기고와 8강전을 벌이게 될 것이었다.

하지만 청룡기에서 진우의 기억과 달리 경남고 대신 안산공고가 올라왔었다.

과거와 달리 변수가 작용할 수 있다는 점도 고려해야 할 부분이었다.

북일고라…….

이미 윤 감독과 코칭스태프들은 북일고 전력에 대한 분석을 마친 상태였다.

훗날 이태오와 함께 국가대표 4번 타자 자리를 두고 다

투는 김재균의 모교로 유명한 북일고.

2006년 현재는 장필훈, 장시헌, 그리고 신정학이 주요 선수였다.

선발로 예상되는 2학년 장필훈은 190센티미터의 장신이 특징이었는데, 졸업 후 LA레인저스와 마이너 계약을 이끌어 내며 진흥고 정일영과 함께 메이저로 직행한 몇 안 되는 선수다.

진우의 시선은 신정학의 이름 앞에서 머물렀다.

하, 정학이를 보겠네.

신정학은 진우가 회귀하던 당일, 잠실 마운드에서 공을 건네받았던 후배였기에 더욱 각별한 선수였다.

진우가 생각을 이어 가던 그때, 윤 감독이 마무리 발언을 했다.

"다들 봤겠지만, 1차전만 잘 이겨 내면 봉황대기 대진 운이 좋은 편이야. 내일 위너스 친선전에선 각자 위치에서 경기 감각 찾는 데 집중하자. 자, 움직여!"

"예!"

선수단이 마무리 훈련을 이어 가는 동안, 진우는 앉아서 할 수 있는 상체 웨이트 트레이닝에 집중했다.

다리를 쓸 수 없으니 묵묵히 상체 훈련을 이어 가는 진우였다.

선동혁은 진우가 입원했던 병원을 어렵지 않게 찾을 수 있었다.

"거시기 허게 덥구만. 거, 윤진우 환자 어디 있소?"

"잠시만요. 윤진우 환자분은 통원 치료 대상이라 병실엔 없습니다."

"참말이요? 이 날씨에, 나가 헛걸음한 것이여?"

데스크에서 뜻밖의 소식을 들은 선동혁은 진우의 부상 정도를 좀 더 알아보기로 마음을 먹었다.

"윤진우가 야구 선수인 건 아시지라? 나가 청소년 국가대표 감독인디, 담당 슨상님을 좀 봐야겄어라."

그렇게 담당 의사를 찾아간 선동혁은 자세한 설명을 들을 수 있었다.

"2, 3개월 정도 회복 기간이 필요한 골절이고요. 주 1회 통원해서 검사는 하고 있습니다. 그리고 이건 어제 찍은 사진인데……. 흠."

"그란디요. 아, 뭐 땜시 뜸을 들인다요?"

성격 급한 선동혁의 재촉에 담당 의사가 말을 이었다.

"사실 외견상으로, 촬영을 해 봐도 다 나았다고 나오거든요. 아직 2주 정도밖에 안 지났는데요. 일단 한 주 정도 더 지켜보기로 한 상태입니다."

선뜻 이해되지 않는 의사의 말이었다.

고개를 이리저리 기웃거리던 선동혁이 말을 이었다.

"그랑게, 두세 달 걸릴 것이 2주 만에 다 나은 것 같다? 긴가민가해서 좀 더 지켜보기로 했다, 이 말이지라?"

"예, 맞습니다. 환자 측에서 가능한 한 철심을 박지 않는 쪽으로 하고 싶다고 했거든요. 그래서 장기간 치료가 예상되는 부분이었는데, 이상할 정도로 회복력이 빠른 케이스입니다."

"허……. 뭐, 아무튼 알겠어라."

"참, 그리고 조금 전에 외국인 에이전트도 찾아와서 똑같이 설명을 드렸는데, 혹시 아시는 분인가요?"

"에이전트? 고것이 누구요?"

"스캇……? 스캇 보라스였던 것 같네요."

선동혁은 놀라운 소식을 연달아 접하게 되자, 헛웃음을 지으며 자리에서 일어났다.

'아무리 운동선수라고 혀도 요런 회복력은 본 적이 없구만. 게다가 벌써 보라스가 붙었던 말이여? 진짜 이놈헌티 뭔가가 있는 거여, 뭐여?'

보라스는 진우의 X-RAY 사진과 소견서를 동봉해 리포트를 작성했다.

"투수로도, 포수로도 고교 정상급 플레이가 가능한 선수다. 게다가 이 어메이징한 회복력이라면……. 흥정하는 데에 아주 중요한 부분이 되겠어."

보스턴을 비롯한 유수의 메이저리그 구단이 진우를 찾아오는 상황이었다.

"미스터 윤이 현명한 결정을 내린다면 사상 최고의 딜을 만들어 낼 수 있겠지. 여러모로 대단한 선수라니까. 하하하."

보라스가 생각하는 현명한 결정이란, 구단과의 직접 계약을 하기 전에 에이전트인 자신에게 먼저 연락하는 것이었다.

자신에게 먼저 연락하겠다는 진우의 구두 약속을 떠올린 보라스는 벌써 역대급 계약을 성사시킨 것처럼 웃음을 흘렸다.

다음 날.

인천고 선수단은 숭의 야구장으로 이동했다.

깁스한 다리를 이끌고 위너스 선수단과 인사를 나누던 진우는 낯익은 선수를 발견하곤 내심 반가워했다.

레드 트윈스 시절 동료 황치섭.

제주도 출신으로 이미 중학 시절 국가대표를 거쳐 일본 유학까지 마친 엘리트였다.

하지만 불의의 부상으로 한동안 사회인 야구를 전전해야 했고, 결국 위너스를 거쳐 레드 트윈스 신고 선수로 입단했었다.

재치 있는 주루 플레이와 야구 센스가 돋보이는 선수였다.

진우는 기억을 되짚어 보며 고개를 끄덕였다.

대단한 선수였지. 야구를 하겠다는 간절함으로 따지면 감히 따라올 선수가 없을 정도였으니까.

윤 감독이 선수들을 모아 놓고 입을 열었다.

"상황 봐서 동준이나 은강이가 구원으로 나갈 거다. 플래툰으로 갈 수도 있으니까, 후보 선수들도 경기 흐름 잘 따라오고."

그런데 경기가 시작되면서 진우에게 달갑지 않은 메시지가 들려왔다.

[상급 팀과의 경기를 시작합니다.]

[선수 성장폭 20퍼센트 증가.]

[능력치의 밸런스가 적용됩니다.]

[인천고 선수 모든 능력치 20퍼센트 감소.]

진우는 예상치 못한 페널티에 눈살을 찌푸렸다.

모든 능력치가 20퍼센트나 감소한다고?

물론 고교 선수의 실력을 100이라고 한다면, 프로 선수와 비교했을 때 일반적으로 30퍼센트는 떨어지는 게 사실이었다.

몸도 덜 컸고, 경험도 부족하니까.

위너스 같은 경우 정식 프로팀이 아니었기에 20퍼센트 선에서 밸런스가 맞춰진 게 아닌가 싶었다.

이렇게 적용되는구나.

내가 주전으로 나가지 못해서 버프도 없는데, 능력치까지 떨어지다니.

진우는 내색하지 않고 선수들에게 한마디를 붙였다.

"스트라이크존부터 차이가 심할 테니까, 초반엔 우선 공을 좀 지켜보는 게 좋겠습니다. 노림수가 들어오면 적극적으로 휘둘러 주세요. 자, 가자! 악!"

"악! 악!"

선수단끼리 인사가 끝나자 곧바로 경기가 시작됐다.

윤 감독으로서도 준프로팀을 상대로 작전이 어디까지 통하는지, 상대방은 어떤 식으로 경기를 풀어 나갈지가 관건이 될 경기였다.

위너스 선발 투수는 알바레스였다.

메이저리그 워싱턴에서 이렇다 할 활약을 보여 주지 못해 방출된 채 재기를 준비하던 선수였는데, 196센티미터의 신장에 118킬로그램이라는 보기 드문 피지컬을 가진

우완 투수였다.

인천고 선수들은 난생처음 상대할 거구의 외국인 투수를 바라보며 침을 꿀꺽 삼켰다.

어디 가서 체격으로 밀리지 않는 류현석조차 알바레스 옆에선 앳된 티가 풀풀 나는 모습이었다.

진우는 알바레스의 프로필을 불러냈다.

[고양 원더스 / 랭크 C+]
■ J. 알바레스 ↑ / B- (우투우타. 196cm, 118kg)
■ 선호 포지션 : 선발 투수SP
■ 능력 : 오버롤 84
구속 97 제구 84 변화구 81 체력 79 멘탈 83
■ 특성 :
-압도 Lv3 : 선발 등판 시 구속 +6, 변화구 -6
-컨트롤러 Lv4 : 득점권 주자 허용 시 제구 +8

프로급으로 놓고 봤을 때 그렇게 대단한 프로필은 아니었다.

하지만 인천고를 상대로라면 얘기가 달랐다.

점수 내기가 쉽지 않을 거야.

우리 팀 선수들 얼마나 떨어졌는지 볼까?

진우가 선수들을 살피는 동안, 인천고의 선공으로 경기가 시작됐다.

"가자, 가자! 쫄지 마!"

"인고 파이팅!"

고교 팀다운 파이팅을 선보이며 인천고 선두 타자 국해진이 타석에 들어섰다.

알바레스는 진지하게 초구를 뿌렸다.

슈아아악-

뻐억!

"스트- 라익!"

"와아······."

154km/h의 구속이 전광판에 찍히자, 연신 파이팅을 외치던 인천고 선수들의 입에서 탄식이 흘러나왔다.

직접 공을 지켜본 국해진은 생전 처음 보는 압도적인 구위에 혀를 내둘렀다.

'뭐야? 체감 구속은 한 160 되는 것 같은데? 160짜리 공을 본 적도 없지만······.'

메이저리그 경력이 있는 선수의 공이었다.

고교 선수 입장에선 기가 막힐 수밖에 없는 구위였다.

윤 감독 역시 날카로운 눈으로 국해진과의 대결을 지켜보는 중이었다.

'좋은 경험이 될 거다. 몇 체급 위의 선수랑 스파링을 한다고 생각하면 돼. 다시 고교 팀이랑 붙을 땐 한결 쉽게 느

껴지겠지.'

 나요한을 제외하면 모두가 선호 타선에 위치해 있었고, 친선전 성격의 경기인 만큼 저학년 위주로 꾸려진 라인업이었다.

 본인들은 알지 못했지만 진우는 선수들의 새로운 특성들을 내심 기대하는 중이었다.

 그동안 능력치도 많이들 올랐는데, 어떻게 대처하는지 보자고.

 국해진은 진우의 당부대로 공을 지켜봤다.

 프로 리그의 스트라이크존은, 상대적으로 넓은 고교 리그와 달리 적응하기가 쉽지 않았다.

 하지만 반대로 생각하면 타자 입장에선 존이 비교적 좁아진 것이기 때문에 유리하다고 볼 수도 있는 부분이었다.

 신중하게 공을 살피던 국해진은 배트를 쉽게 내지 못했다.

 '움직임이 달라. 기분 탓인가?'

 국해진은 경기 전 진우의 말이 떠올랐다.

"이미 성장이 끝나고, 테크닉 면에서 경험이 많은 선수들이에요. 당연히 우리보단 몇 수 위일 겁니다. 눈으로 보고 반응하면 배트가 밀릴 수밖에 없을 테니까, 평소보다 타격 지점을 조금 앞에 둔다 생각해 주세요."

확실히 그 말대로였다.

볼카운트가 2B 2S가 될 때까지 공을 지켜본 국해진은, 공 하나 차이로 좁은 존을 다루는 제구력에 감탄하면서도 타격 타이밍을 맞추려 애썼다.

그리고 기다리던 속구가 들어오자, 간결하게 배트를 휘둘렀다.

따악!

국해진의 타격은 내야 플라이 아웃이었다.

타격 지점을 의식하느라 배트에 전혀 힘을 싣지 못하면서 뜬볼이 나오고만 것이었다.

그 모습을 지켜본 2번 김태우가 잔뜩 노리고 들어갔다.

하지만 역시 구위를 이겨 내기가 쉽지 않았는지, 헛스윙 삼진으로 물러나고 말았다.

3번 강시환이 그나마 빗맞은 안타를 낼 뻔했다.

그런데 그마저도 호수비에 잡혀 버리면서, 1회 초 인천고의 공격이 끝이 났다.

윤 감독은 공수 교대를 앞두고 코치진들과 이야기를 나눴다.

"선발 알바레스의 구위도 구위지만, 플레이 면면이 확실히 아마추어랑은 달라. 쓸데없이 힘을 쓰지 않는 게 가장 큰 차이랄까."

실제로 원더스 선수들은 수비 위치에서도 적당한 긴장

감을 유지한 채 대기하다가, 타구가 자신에게 향할 때 쏜살같이 움직여 매끄럽게 반응했다.

몸에 잔뜩 힘이 들어가서 잡을 수 있는 것도 놓치기 일쑤인 고교와는 달랐다.

확실히 능숙하고 부드러운 플레이였다.

1회 말.

인천고 선발 포수는 1학년 김태우였다.

현석의 연습구를 받아 본 김태우는 마운드로 올라가 짧게 이야기를 나눴다.

"초반이니까 속구로 붙어 보고, 밀린다 싶으면 변화구 위주로 가자. 잘 부탁해!"

"오케이!"

김태우는 나요한처럼 아직 제 포지션을 찾지 못한 케이스였다.

보통 수비 능력이 뛰어난 선수가 내야 포지션을, 수비보단 강한 어깨와 빠른 발이 돋보이는 선수가 외야수를 맡는다.

김태우는 강한 어깨를 가지고 있으면서도 3학년 박태균, 1학년 김세완에 밀려 불펜 포수 정도의 위치에 있었다.

게다가 진우가 주전 포수로 자리를 잡아 버린 동안은 별수 없이 좌익수로 출장하곤 했다.

진우를 제외하면 유일하게 선호 포지션이 포수인 김태

우였기에 진우가 눈여겨보는 선수 중 한 명이었다.

진우는 현석의 프로필 창을 불러냈다.

[인천고 / 랭크 B+]

■ 류현석 ↑ / A+ (1학년. 좌투우타. 189cm, 102kg)

■ 선호 포지션 : 선발 투수SP

■ 선호 타선 : 클린업

■ 능력 : 오버롤 91/81

구속 96 제구 88 변화구 91 체력 92 멘탈 89

컨택 81 파워 84 주루 77 수비 73 송구 90

■ 특성 :

-이닝이터 Lv1 : 선발 등판 시 투구 수 20개까지 체력 소모 없음

-와일드 피쳐 Lv2 : 구속 +4, 제구 -4

-좌타 킬러 Lv2 : 좌타자 상대 시 모든 능력치 +4 (우타 상대 시 모든 능력치 -4)

-강심장 Lv2 : 구속 +4, 변화구 -4

-월드 스타 Lv1 : 자신을 응원하는 팬을 발견할수록 히든 스탯 구위가 랜덤으로 상승

■ 특이 사항 : 현재 경기에서 모든 능력치가 20% 감소

그동안의 강도 높은 훈련으로, 진우를 제외하면 인천고

에서 가장 높은 오버롤의 현석이었다.

하지만 모든 능력치 15퍼센트 감소로 위너스 선수들에 비해 현저히 떨어지는 상황이었다.

[구속 81 제구 75 변화구 77 체력 78 멘탈 76]

변경된 능력치를 확인한 진우는 잠자코 둘의 배터리 호흡을 지켜봤다.

슈우우욱-

턱!

일부러 공을 지켜보기로 했는지, 위너스 선두 타자 최주석은 배트를 내지 않았다.

그런데 현석은 좀처럼 스트라이크를 잡지 못했다.

'존이 너무 좁다고! 원래 이 정도 넣었으면 잡아 줘야 되는 건데.'

3B 상황.

현석은 가까스로 스트라이크존 안에 공을 집었지만, 좌타 최주석은 가볍게 현석의 공을 당겨 쳤다.

1루수 키를 살짝 넘긴 공이 우익수 앞으로 굴러갔다.

탁탁탁!

우익수가 달려오는 걸 확인한 최주석은 전력 질주로 2루까지 들어가 버렸다.

과감한 주루 플레이에 인천고 선수들은 혀를 내둘렀다.

"저걸로 2루에 들어간다고?"

"진짜 빠르다. 우리였으면 당연히 1루에서 멈췄을 텐데."

현석이 고개를 갸웃하자, 김태우가 곧바로 타임을 외치고 마운드로 올라갔다.

김태우는 작전을 바꾸기로 했다.

"일단 스트라이크존 적응하는 게 먼저인 것 같아. 패스트볼이랑 체인지업 투 피치로 영점부터 잡자. 오케이?"

"와, 진짜 너무 좁아. 알겠어. 일단 가 보자."

무사 2루.

류현석은 어깨의 힘을 최대한 빼고, 호흡을 가다듬었다.

그리고 타자와 가장 먼 쪽부터 패스트볼을 꽂아 갔다.

슈우우욱-

터억!

류현석-김태우 배터리가 존을 찾는 데 집중하던 그때였다.

츄아아악-

2루에 있던 최주석이 3루를 훔쳤다.

전혀 생각지도 못한 타이밍이었기에 김태우는 공을 던져 보지도 못한 채 3루를 내주고 말았다.

가뜩이나 경기가 뜻대로 풀리지 않던 현석은 멘탈이 흔들리며 2번 타자에게 볼넷을 허용했다.

무사 주자 1, 3루.

현석은 1루 주자의 도루를 신경 쓰며 투구를 이어 갔다.

'스트라이크를 넣자니 너무 한가운데로 몰리고, 유인구 랍시고 던지면 존에서 너무 빠지고. 미치겠네, 이거.'

슈우우욱-

따악!

현석은 아예 맞더라도 구위로 승부해 보자는 식으로 전력투구를 시작했다.

오히려 그게 먹혀들었는지 연속 파울이 나오면서 볼카운트를 2S까지 몰고 갈 수 있었다.

'좋아, 삼진 하나 잡아서 분위기 바꿔 보자고. 볼카운트 여유 있으니까 원바운드성 커브 한번 던져 볼까?'

현석이 마음먹고 커브를 던지던 그때, 1루 주자가 도루를 시도했다.

"엇!"

도루하는 1루 주자가 현석의 시야에 들어왔다.

하지만 투구 도중에 그립을 바꿀 순 없었기에 원바운드 커브가 날아갔다.

슈우욱-

가까스로 공을 잡은 김태우가 2루로 공을 뿌렸지만, 이미 주자는 2루에 안착해 있었다.

"홈! 홈으로!"

심지어 공이 2루로 날아간 그 틈을 타 3루 주자가 홈으로 파고들어 버리면서 어이없이 1점을 내준 인천고였다.

현석은 완전히 멘탈이 무너지는 듯했다.

'뭐야! 안타는 하나밖에 안 맞았는데, 왜 벌써 한 3이닝 던진 것 같지? 게다가 아직 아웃카운트도 제로야!'

눈에 보이는 도루 주자만 보느라 3루 주자를 완전히 놓친 김태우의 플레이였다.

숨을 고른 현석이 자세를 다잡고 체인지업을 뿌렸다.

위너스 3번 타자는 기다리고 있었다는 듯 그대로 올려쳐 버리면서 깔끔한 좌전 안타를 만들어 냈다.

단숨에 스코어 2 대 0.

아직 아웃카운트가 없는 상황에서, 위너스 4번 타자 황치섭이 타석에 들어섰다.

황치섭은 특유의 날카로운 눈매로 신중하게 현석의 공을 기다렸다.

흔들리는 현석을 다잡아주긴커녕, 포수 김태우는 스스로 멘탈이 흔들려 무작정 미트만 내밀고 있는 상황이었다.

윤 감독은 급속도로 무너지는 팀 분위기를 말없이 지켜만 봤다.

'각자 위치에서 스스로 이겨 내야 해. 그저 파이팅만 넘

친다고 항상 이길 수 있는 게 아니니까.'

진우 역시 묵묵히 황치섭과 류현석의 대결을 지켜보는 중이었다.

간절함의 대명사 황치섭과 인천고 에이스 류현석.

현석은 더 이상 자존심을 무너뜨릴 수 없다고 마음먹었는지 작정하고 전력투구를 이어 갔다.

"흡!"

슈우우욱-

따악!

하지만 황치섭은 초구부터 배트를 내면서 타이밍을 맞추는 파울을 만들어 냈다.

174센티미터의 신장으로 비교적 체구가 작은 황치섭이었다.

황치섭은 날카롭게 배트를 돌리면서 현석의 구위를 이겨 낼 타점을 찾는 중이었다.

"악!"

딱!

"윽!"

타악-!

연신 기합을 내지르며 물러서지 않는 현석과 끈질기게 물고 늘어지는 황치섭의 승부.

황치섭이 13구째 파울을 만들어 냈고,

따악!

결국 유격수 방향으로 공을 때려 낸 뒤 쏜살같이 달려 나갔다.

유격수 박찬민은 강습 타구를 다이빙 캐치로 잡아냈다.

그리고 간신히 1루로 공을 뿌렸는데, 악착같이 달려가 헤드 퍼스트 슬라이딩을 해 버린 황치섭의 손끝이 먼저 1루 베이스에 닿았다.

"세잎! 세잎!"

마운드의 현석은 기가 막혀 헛웃음을 짓고 말았다.

"허, 허허허. 미치겠다."

투구 수가 30개를 넘어가는 동안 2실점, 주자 1, 3루.

아직도 아웃카운트는 제로였다.

투수 코치 이승후가 윤 감독에게 다가왔다.

"감독님, 지가 한 번 올라갔다 와야 쓸까요?"

"아니. 지금 코칭스태프가 개입할 수 있는 부분이 없어. 흐름 한 번 끊어 주는 정도인데, 그건 해도 김태우가 할 일이야."

냉정한 윤 감독의 말에 이승후가 착잡한 표정으로 물러서면서 경기는 그대로 진행됐다.

현석은 1회에만 50구가 넘는 공을 뿌리면서 5실점을 했다.

더그아웃으로 들어온 현석의 눈은 거의 초점이 풀려 있었다.

"이런 건 처음이라고. 도대체 뭘 어떻게 해야 할지 모르겠어. 아무 생각도 안 나고, 아무것도 안 먹히고……."

누구한테라고 할 것 없이 혼자 중얼거리는 현석을 보며 선수들이 입맛을 다셨다.

그러자 동준이 나서서 선수들을 격려했다.

"우리도 악착같이 한번 해 보자. 위너스 선배님들 하는 거 봤잖아. 1루에서 헤드 퍼스트 슬라이딩하는 거. 이번 공격에선 커트도 많이 하면서, 끈질기게 물고 늘어지자고."

"예!"

"자, 가자!"

동준의 파이팅으로 다시 한 번 기세를 끌어 올린 인천고는 한결 진지한 자세로 알바레스의 공에 대처하기 시작했다.

4번 김세완을 필두로 류현석, 진동준은 배트가 부러지면서도 끈질기게 알바레스의 공을 커트해 내곤 내야 땅볼에 전력 질주했다.

하지만 현석이 3회까지 6실점 하는 동안 인천고는 3안타 무득점에 그쳤고, 4회부턴 진동준이 마운드에 올랐다.

동준은 주장답게 선수들을 격려하거나 수비 위치를 조정하면서 경기를 끌어갔다.

4회에 올라간 진동준은 3이닝 2실점으로 마운드를 지켰다.

공격에선 강시환과 김세완을 비롯한, 중간중간 교체 투입된 3학년 선수들이 종종 단타를 뽑아냈다.

하지만 위너스 선수들의 악착같은 호수비에 번번이 막혀 득점으로 이어지지 못했다.

꼼짝없이 경기를 지켜보기만 할 수밖에 없는 진우는 답답해 미칠 지경이었다.

이럴 때 분위기 바꿔 주는 한 방이 나오면 좋을 텐데.

그게 안 되면 조직력 있는 플레이로 차근차근 따라가야 한다고.

곳곳에서 속이 타들어 가는 경기는 예상대로 인천고의 참패로 흘러갔다.

하지만 경기가 종반으로 접어들수록 인천고 선수들은 위너스 선수들의 허슬 플레이에 고무됐다.

승패를 떠나 어느 때보다 집중력 있는 모습으로 공 하나, 주루 한 번에 최선을 다했다.

9 대 1.

일방적으로 경기가 끝난 뒤 인사를 나누는 양 선수들은 너 나 할 것 없이 엉망이 된 유니폼으로 악수를 나눴다.

패배보단 경험에 중점을 두고 경기를 지켜봤던 윤 감독은 선수들의 눈빛이 변해 있는 걸 발견하고 고개를 끄덕였다.

"오늘 경기는 결과보다 과정을 잊지 마라. 지금 만신창이가 된 너희들 유니폼이 앞으로 무엇과도 바꿀 수 없는 재산이 될 거다. 몸 사리지 않고 최선을 다해 준 선배들에게 박수!"

윤 감독의 뜻을 이해한 인천고 선수들은 눈을 빛내며 진심 어린 박수갈채를 보냈다.

위너스 선수들 역시 경기가 진행될수록 치열하게 물고 늘어졌던 인천고 선수들에게 따뜻한 격려와 조언을 아끼지 않았다.

"서로 의미 있는 경기가 된 것 같아요. 앞으로도 종종 경기할 수 있길 바랍니다."

"우리는 한 번씩 좌절한 사람들이 모인 구단이지만, 여러분은 굳이 좌절을 겪지 않아도 간절한 야구를 할 수 있길 기대할게요."

벤치에서 연신 몸을 들썩거리던 진우는 그래도 오늘 경기를 통해 한결 단합된 모습을 갖춘 선수들을 보며 마음을 놓았다.

그래, 억지로 이기려고 하기보단 지는 과정을 온몸으로 이해하면서 한 수 배울 수 있는 경기였을 거다.

다음에 또 붙게 된다면 쉽게 지지 않을 거라고.

진우는 애꿎은 다리를 노려보며 말을 삼켰다.

위너스와의 경기로 허슬 플레이에 고무된 선수들이 학

교로 돌아와 마무리 훈련을 진행했다.

윤 감독은 인천 드래곤즈 최고석과 자리를 가졌다.

"감독님, 이거 오랜만입니다. 저희 김성훈 감독님 지시로 드래곤즈 2군 팀과의 친선 경기를 제안하러 왔습니다. 편하신 날짜로 잡되, 저희 시즌 경기가 없는 월요일 중으로 해 주십사 하고요."

"아, 그렇습니까? 안 그래도 오늘 고양 위너스에게 한 수 배우고 오는 길입니다. 허허, 그렇게 배려를 해 주신다면야 저희야 영광이지요."

"어딜 다녀오시나 했더니, 위너스랑 경기가 있었습니까? 어떻게, 내용은 괜찮았나요?"

"크게 졌습니다만, 크게 배웠습니다. 드래곤즈 2군이라면 아마 선수들도 반길 겁니다."

혹시나 거절하면 어쩌나 마음을 졸였던 최고석은 윤 감독의 적극적인 태도에 마음이 놓였다.

"예. 부쩍 성장할 수 있었겠는데요? 윤진우 선수는 좀 어떻습니까?"

그런데 진우 이야기를 꺼내자 윤 감독의 표정이 어두워졌다.

"사실 봉황대기 출전도 힘들지 않나 싶습니다. 끝물이라면 모를까, 당장은 아직 깁스도 풀지 않은 상황이라서요."

"하······. 그렇습니까? 이거 아쉽게 됐네요."

진우를 살피기 위한 목적이 가장 큰 친선 경기였다.

진우가 출전할 수 없다는 말은 서로 간에 아쉬울 수밖에 없었다.

"그래서 말씀인데, 아예 진우가 낫는 대로 경기를 잡으면 어떨까 싶습니다."

윤 감독의 말은 내심 바라던 바였기에, 최고석이 곧바로 맞장구를 쳤다.

"그렇죠. 그게 낫겠죠? 그렇게 말씀드리겠습니다. 언제든지 연락 주세요."

다음 날.

진우는 윤 감독에게 양해를 구한 뒤 병원으로 향했다.

이놈의 다리 때문에 할 수 있는 게 없다고.

근데 기분 탓인가. 이상하게 다 나은 것 같단 말이지.

일부러 목발을 짚지 않고 걸어 보아도 전혀 통증이 없었기에 진우는 예정된 진료가 없음에도 무작정 병원을 찾았다.

새로 X-Ray를 촬영하고 담당 의사와 마주 앉은 진우는 뜻밖의 말을 전해 들었다.

"흠. 저번 촬영에서도 볼 수 있었지만, 이미 다 나은 상태예요. 환자 스스로도 그렇게 느낄 정도라면 적어도 깁스는 풀어도 괜찮겠네요."

"예? 그럼 알고 계셨던 건가요?"

황당해하는 진우에게 의사가 빙긋 웃으며 말했다.

"다른 뜻은 없어요. 아무래도 예상 회복일보다 너무 빠르다 보니까, 일단 지켜보고 있었던 거죠. 우선 깁스 풀고, 천천히 점검해 봅시다. 일반적인 경우엔 물리치료만 두 달입니다, 두 달."

"어후, 끔찍하네요. 일단 알겠습니다."

인천고 선수들은 분위기가 확 달라져 있었다.

동산과의 경기 이후로 주춤했던 기세가 위너스와의 경기를 기점으로 다시 타오르기 시작했던 거다.

"봉황대기가 코앞이다, 자슥들아! 바짝 하고 쉬자!"

"예에!"

당황스러울 정도의 기세. 맥이 빠질 정도의 간절함을 상대해 본 인천고 선수들은 곳곳에서 굵은 땀을 흘리길 아끼지 않았다.

선수들을 독려해 가며 투수조 훈련을 진행 중이던 동준이 문득 주변을 살피곤 현석에게 물었다.

"현석아, 근데 진우가 안 보인다?"

"병원 들렀다 온다고 했어요. 어? 저거 진우 아닌가?"

진우는 목발도, 깁스도 없이 멀쩡한 두 다리로 걸어오는 중이었다.

"어라? 진우야! 너 괜찮은 거냐?"

"예. 다 나았답니다. 어쩐지 근질근질하더라."

"무슨 소리야? 두세 달 걸린다고 하지 않았어?"

"글쎄, 다 나았대. 이상할 정도로 빨리 나은 거 보면 거기 의사 선생님, 돌팔이일지도 몰라."

"뭐? 진짜? 그래도 이렇게 바로 움직여도 되는 거야?"

류현석은 쪼그려 앉아 진우의 다리에 노크하듯 손으로 두들겨 보기까지 했다.

"슬슬 점검 좀 해 봐야지. 어디, 오랜만에 에이스 공 한번 받아 볼까?"

오자마자 장비를 착용하는 진우를 발견한 선수들이 곳곳에서 질문을 쏟아 냈다.

"진우, 벌써 다 나은 거야?"

"와아! 그럼 봉황기 같이 뛰는 거네? 끝났다, 끝났어!"

진우는 한동안 바라만 볼 수밖에 없었던 포수 장비들을 새삼 하나하나 소중하게 착용한 뒤 왼손에 미트를 끼웠다.

무리하지 말고 조금 받아 볼까?

팡팡!

주먹으로 미트를 두들겨 본 뒤에야 마스크를 뒤집어쓴

Chapter 11 • 41

진우가 현석에게 소리쳤다.

"에이스! 신나게 꽂아 봐!"

현석은 진우 없이 치른 몇 경기 동안 고생한 게 떠오르는지 눈물까지 글썽였다.

그러면서도 익살스러운 말을 던졌다.

"손 안 부러지게 조심해라. 너 없는 동안 형 많이 컸다고!"

진우와 현석의 배터리 숙련도는 레벨이 3이었다.

단순히 둘이 공을 주고받기 시작하는 것만으로도 현석의 제구가 +6, 진우의 수비도 +6 만큼 상승했다.

현석은 진우가 공을 받아 줄 때면 말 그대로 아무 걱정 없이 투구에만 집중할 수 있었다.

'위너스전에선 진짜 끔찍했다고. 아무것도 안 되고, 뭘 해도 안 풀렸으니까. 그때 진우가 앉아 있었다면 그렇게 멘탈이 무너지진 않았을 거야.'

"흡!"

슈아아악-

뻐어억!

"좋다! 나이스 볼!"

오랜만의 호흡에 신이 나서 공을 뿌려 대는 현석을 보며 진동준과 최은강이 다가와 기다렸다.

"나도 좀 던져 보자, 인마."

"다음은 접니다."

투수 입장에서 경기에 가장 필요한 부분이 있다면 단연 좋은 포수였다.

자신의 공을 효과적으로 먹힐 수 있게 배합해 주고, 수비나 폭투 등을 염려하지 않고 마음껏 전력투구할 수 있는 포수.

진우가 딱 그랬다.

공 하나를 던져도 착착 감기는 맛이 느껴졌다.

'너는 그냥 여기로 던지기만 해. 다른 건 내가 다 잡아 줄 테니까.'라고 온몸으로 말하는 듯한 포수.

오랜만의 훈련에 복귀한 진우 역시 그동안의 갈증을 털어 내려 바쁘게 움직였다.

"현석아, 공 죽인다! 다 좋은데, 조금만 더 앞으로 끌고 나가서 뿌린다고 생각해 보자."

"오케이!"

잠깐 자리를 비운 사이 투수조 훈련을 받던 선수들이 없어지자, 투수 코치 이승후는 선수들이 모여 있는 곳으로 향했다.

"너그들, 훈련 안 허고 뭣 허냐? 뭐여, 저거 진우 아니여?"

어떤 공이 날아와도 커다란 벽처럼 막아 낼 듯한 안정적인 자세.

미트로 공을 빨아들이는 듯한 진우의 매끄러운 포구는 투수조 선수들이 줄을 서게 만들었다.

이승후는 선수들을 말리기는커녕 자기가 먼저 던져 보겠다고 나섰다가 정 코치에게 한 소리를 들었다.

"어허, 이 코치. 지금 선수들 지도는 못할망정 뭐 하는 거야? 찬물도 위아래가 있지, 내가 먼저야."

그러면서 진동준의 공을 낚아채자, 동준도 가만있지 않았다.

장난기 섞인 목소리로 코치 둘을 밀어냈다.

"여기 20세 이상은 투구 금지인 거 모르세요? 캐치볼은 두 분이서 하시죠!"

진우는 진동준과 최은강의 공을 차례로 받아 보며 구위를 점검하고 조언했다.

그리고 그동안 눈여겨봤던 선수인 2학년 오태구에게 다가갔다.

"선배, 괜찮으시면 호흡 한번 맞춰 볼까요?"

"응? 그러자는."

오태구는 고등학생이라고는 믿기지 않을 정도의 아저씨 몸매(?)를 소유한 좌완 투수였다.

투구 전, 살에 파묻힌 코 위로 검은 뿔테 안경을 치켜 올리는 모습은 아무리 동료 선수라고 해도 얼굴을 돌리게 만들 정도였다.

그런데 오태구가 진우에게만 들릴 목소리로 의미심장한 말을 건넸다.

"요즘 야구 만화 보는 게 있는데 아주 도움이 된다는. 거기 나오는 필살기를 내가 준비해 봤는데 받아 보겠어?"

"필살기… 요?"

저 심상치 않은 말투는 적응이 안 된다니까.

120km/h대의 구속을 가진 오태구는 좌완치고 제법 정교한 제구력을 가진 편이었다.

진우는 오태구의 필살기를 기다리며 미트를 뺐었다.

"오십쇼!"

"자, 간다. 어둠의 다크니스!"

슈우우욱-

턱!

구속은 80에서 90이나 될까 한 공이었다.

하지만 낙차가 크고 제구가 정교한 슬로 커브였다.

진우는 오태구에게 공을 던져 줬다.

"속구랑 섞어 쓰면 제법 괜찮겠는데요? 구종은 슬로 커브인가요?"

오태구는 주변을 한 번 살피더니 대답했다.

"한낱 인간의 기준으로 정할 수 없는 구종이랄까. 몇 개 더 준비했으니까 받아 보라는."

말문이 막힌 진우를 향해, 오태구는 안경을 치켜 올리더니 연신 엄청난 이름을 붙인 공들을 뿌려 댔다.

"매지컬 파이어 볼트!"

"하이드로 펌프!"

"섀도우 다크 소울!"

가만히 공을 받아 내던 진우는 미트를 뻗은 채 그대로 멈췄다.

이거…….

이름만 다르고 다 똑같잖아?

"하… 선배, 어둠의 다크초코가 제일 낫네요."

"다크니스라는."

"예?"

"어둠의 다크니스."

더 같이 있다간 머리가 어떻게 돼 버릴 것만 같다는 생각에 진우는 서둘러 공을 건네주고 자리를 떴다.

"제구가 워낙 좋으셔서 이대로만 가면 괜찮을 것 같아요. 잘 부탁드려요!"

한숨 돌린 진우는 타격 훈련 중인 나요한을 찾았다.

훈련에 집중하느라 뒤늦게 진우를 발견한 요한은 반색을 했다.

"어? 너 다 나은 거야? 벌써!"

"그렇게 됐어. 훈련은 잘돼 가?"

1학년 나요한은 펀치력을 가지고 있으면서도 좀처럼 그 능력을 터뜨리지 못하던 참이었다.

본인도 갑갑했는지 진우에게 고민을 털어놨다.

"사실 훈련 때는 잘만 때리는데, 이상하게 경기만 들어가면 마음만 급하고 잘 안 맞더라고. 그래서 요즘엔 스윙 연습 천 번씩 하고 있어."

손바닥에 굳은살이 박였다가 다시 허물어져 물집이 생길 정도로 배트를 돌리던 나요한이었다.

진우는 요한의 프로필을 불러냈다.

[인천고 / 랭크 B+]
■ 나요한 / B- (1학년. 우투좌타. 182cm, 85kg)
■ 선호 포지션 : 좌익수LF
■ 선호 타선 : 상위
■ 능력 : 오버롤 80
컨택 76 파워 85 주루 81 수비 76 송구 83
■ 특성 :
-우투 킬러 Lv1 : 우완 투수 상대 시 컨택 +2 (좌투 상대 시 컨택 -2)
-댄싱 머신 Lv2 : 루틴을 완벽하게 가져갈수록 안타 확률이 증가 (컨택, 파워 랜덤 상승)

좌익수 포지션은 아무래도 수비 능력치가 가장 떨어지는 선수가 주로 맡는 편이다.

얼마 전까지만 해도 선호 포지션이 중견수였던 나요한의

변화를 보며 진우는 안타까운 마음이 들었다.

프로필에서 나요한의 심정이 엿보였기 때문이었다.

타격이 안 터지니 선발 출전을 못하게 되고, 이젠 아무나 할 수 있는 좌익수라도 하고 싶은 건가?

진우는 나요한의 특성 중 루틴에 대한 설명에 집중했다.

루틴이란 투수 또는 타자가 투구, 타격에 임하기 전 자신만의 예비 동작을 말한다.

특이한 루틴으로 유명한 선수는 대구 타이거즈 투수였던 성훈, 마찬가지로 대구 타이거즈 타자 박이한이 있다.

진우는 요한의 타격 스타일을 떠올리며 물었다.

"타석에 들어서면 곧바로 투수 타이밍에 맞추는 편이었지?"

"어, 그렇지. 아무래도 투구 패턴에 빨리 적응해야겠다는 생각이었으니까."

"그것도 중요한데, 먼저 너만의 루틴을 세우는 게 필요할 것 같아. 타이거즈 박이한 선수 알지?"

"알지. 국가대표 외야수인데."

"네가 투수라고 생각하고 한번 유심히 봐봐."

진우는 프로 시절 몇 번 상대했던 박이한의 타격 루틴을 떠올리며 그대로 따라 했다.

먼저 배팅 장갑의 밴드를 두어 번 풀었다 붙인 뒤, 제자리에서 두 번 점프하며 양발을 부딪쳤다.

그리고 헬멧을 벗어 이마에 대는 느낌으로 또 두어 번 벗었다 쓴 다음, 배트로 홈플레이트 뒤쪽을 톡톡 쳤다.

"끄, 끝났어?"

물끄러미 그 광경을 지켜보던 나요한의 볼이 씰룩였다.

"아니."

진우는 이어서 다시 배트로 홈플레이트 앞쪽에 임의의 선을 그은 뒤, 반대쪽 손으로 허벅지를 탁 치고 나서야 배트를 두 손으로 쥐었다.

요한은 참았던 숨을 내쉬며 고개를 저었다.

"와… 성질 뻗쳐서 정말. 진우 너 아니었으면 뛰어가서 이단 옆차기라도 날릴 뻔했어."

평소 독실한 천주교 신자답게 조용조용한 성격의 나요한이었다.

그런 요한의 공격적인 발언에 진우가 웃음을 터뜨렸다.

"푸흐하하. 거봐, 투수한테 마냥 맞추는 것보다 오히려 투수가 자기한테 맞추도록 하는 것도 필요하다니까."

"확실히 그러네. 투수 입장에서 보니까, 어지간한 멘탈로는 흔들리겠다."

"잘 준비해 봐. 그리고 우리 팀 좌익수 자리가 항상 불안했는데, 봉황기에서 제대로 실력 발휘 해 보자고. 알겠지?"

"고마워. 루틴 잡히면 제일 먼저 보여 줄게."

그렇게 선수들을 돌아보며 점검을 마친 진우는 훈련이 모두 종료되고 나서야 본격적인 캐처 훈련을 시작했다.

윤 감독은 감독실에서 처음 보는 전화번호로 걸려 온 전화를 받았다.

수화기 너머로 들려오는 목소리는 뜻밖의 인물이었다.

(나 선동혁이요. 오랜만이지라.)

"선동혁… 선배? 아니, 어쩐 일이십니까? 잘 지내셨습니까?"

잠깐이었지만, 윤선우가 현역 시절 '좌선우 우동혁'이라는 라이벌 구도까지 만들어졌던 둘이었다.

이후 선동혁은 국내 리그를 평정하고, 일본에서도 특급 커리어를 남긴 뒤 11시즌 통산 방어율 1.20이라는 전무후무한 기록으로 은퇴했다.

인사치레가 오간 뒤, 선동혁이 본론을 꺼냈다.

(이번에 세계청소년선수권대회 대표팀 감독이 됐어라. 아들내미 좀 뽑아 갈까 허는디, 그짝 다리는 좀 어떻소?)

윤 감독은 선동혁이 어느 정도 알아본 게 있는지 바로 본론을 꺼내자, 숨기지 않고 대답했다.

"아, 그렇습니까? 진우는 지금 깁스도 안 풀어서, 봉황대기 출전도 어렵지 싶습니다."

(그라요? 나가 알아본 것은 쪼까 다른디. 의사 양반이 다 나았다고 안 혀요.)

"예? 그럴 리가요. 아직 깁스도……."

선동혁이 답답하다는 듯 윤 감독의 말을 끊었다.

(후딱 병원을 가 보든가 허쇼잉. 나가 다시 연락헐 테니까, 아들내미 컨디션 관리 잘 부탁허고.)

통화를 마친 윤 감독은 선뜻 이해가 가지 않았지만, 진우의 상태를 다시 한 번 살필 겸 운동장으로 나왔다.

운동장에서 윤 감독이 발견한 것은 포수 장비를 모두 착용하고 공을 받고 있는 진우였다.

"아니, 도대체……."

아무리 빨라도 재활까지 두 달은 예상했던 진우가 저러고 있자, 윤 감독은 진우가 욕심을 부리는 거라고 생각했다.

"윤진우, 너!"

진우는 어느 정도 예상했다는 듯 빙글 웃더니, 주머니에서 소견서를 꺼내 윤 감독에게 건넸다.

"억지로 뗀 거 아닙니다. 떼라고 해서 뗐어요."

소견서를 살펴본 윤 감독이 황당하다는 얼굴을 하고 있자, 진우가 말을 이었다.

"감독님, 해산할 시간인데요."

"하……. 이거 참."

윤 감독은 선수단을 해산시킨 뒤 진우의 상태를 신중하게 물어봤다. 그리고 잊고 있던 게 생각났다는 듯 말을 이었다.

"절대 무리하지 말고. 참, 드래곤즈에서 연락이 있었다.

너 복귀하는 대로 드래곤즈 2군 팀이랑 친선 경기를 갖자는 거야. 그리고……."

"드래곤즈요? 잘됐네요. 경기 감각 찾는 데 도움이 되겠어요. 그리고 또 뭐 있나요?"

"아니다. 그건 다음에 이야기하자."

국가대표에 대한 언급은 하지 않는 윤 감독이었다.

'어차피 9월 대회면 봉황대기 끝나야 소집일 거다. 진우이 녀석이 진짜 다 나은 건지, 무리하는 건지 조금 상황을 지켜보자고.'

"드래곤즈 경기는 언제 가능한가요?"

"이렇게 하자. 마침 모레가 월요일이니까 드래곤즈 2군이랑 먼저 경기를 해 보고, 그때 진우 네가 괜찮다 싶으면 봉황대기까지 가는 거야. 만약 조금이라도 무리하는 감이 있으면 당분간 회복에 전념하는 거야."

아들이면서 동시에 인천고 주축 선수인 윤진우였다.

감독 입장에서 신중할 수밖에 없는 부분이었기에 진우 역시 토를 달지 않았다.

위너스와의 경기를 가만히 앉아 지켜볼 수밖에 없었던 진우는 당장이라도 없던 경기도 뛰고 싶은 마음이었다.

하지만 굳이 내색하지 않았다.

"예, 그렇게 할게요. 저는 조금 더 하다 들어가겠습니다."

"절대 무리하면 안 된다. 알겠지?"

거듭 강조하는 윤 감독을 설득해 돌려보낸 뒤에야 진우는 본격적으로 점검에 들어갔다.

[인천고 / 랭크 B+]

■ 윤진우 / 랭크 S+ (우투양타. 183cm, 85kg)

■ 선호 포지션 : 포수C

■ 선호 타선 : 클린업

■ 칭호 : 캡틴

■ 능력 : 오버롤 86

컨택 84 파워 85 주루 81 수비 89 송구 94

■ 특성 :

-초월자 : 패시브. 멘탈이 비약적으로 상승

-선구안 : 패시브. 히든 스탯 동체 시력이 대폭 상승

-노련한 배터리 Lv2 : 주전 포수로 출전 시 선수단 전원 모든 능력치 +4, 선발 투수 모든 능력치 +4

-초보 사령관 Lv2 : 주전 포수로 출전 시 수비 능력치 +4

-에이스 킬러 Lv1 : 상대 투수의 능력에 비례해 컨택, 파워 상승

-강견 Lv2 : 포수 견제사 확률이 높아짐. 수비 +4, 송구 +4

-클러치 히터 Lv1 : 4번 타자 선발 출전 시 파워 +2, 컨택 -2

-초급 지휘관 Lv1 : 야구 이론에 능한 플레이어. 히든 스탯

센스 +2

피칭 머신을 끌어다 놓으며 진우는 한숨을 내쉬었다.
수비가 89까지 내려갔어.
월요일 친선전이 끝나면 바로 수요일에 북일고전이다.
스퍼트를 올려야 해.
그러면서도 새삼 미트를 매만지며 작게 웃었다.
"나도 이제 부상이라면 지긋지긋하니까, 다시 멀어지는 일 없게 할게. 반갑다."
진우는 오랜만에 구르고 넘어지며 캐치와 송구 훈련을 멈추지 않았다.

한참을 분풀이라도 하듯 그물망에 공을 뿌리고, 온몸으로 공을 받아 내는 동안 시간은 자정을 가리키고 있었다.
"좀 뻐근한 정도이지, 무리한 감은 전혀 없는데? 회복력이 좋아지긴 했나 보다. 근데 왜 왼팔은……."
이상할 정도로 빨리 회복한 다리와 달리, 진우의 왼팔은 그대로 고장 난 상태였다.
말 그대로 미트를 무리 없이 다루는 정도.
조금이라도 힘주어 공을 뿌리려고 하면, 영락없이 엄한 곳으로 공이 튀어 나가 버렸다.

"그래, 미련 갖지 말자고. 차근차근 오른팔 준비하면 내년엔 계획대로 할 수 있을 거야."

진우는 묵묵히 악력 훈련을 해 온 덕에 제법 구위가 생긴 오른손 투구에 만족하며 집으로 걸음을 옮겼다.

자정이 넘은 시각.

모처럼 홀가분한 마음으로 걸음을 옮기던 진우는 길 건너 카페에서 나오는 강시환을 발견했다.

응? 시환이가 이 시간에 카페에서?

시환을 뒤따라 나온 사내는 정장 차림이었다.

사내는 시환에게 뭔가 당부라도 하는 모습으로 악수를 청하더니, 이내 뒤돌아 멀어졌다.

시환은 주변을 한 번 살폈다.

그리고 사내에게 건네받은 봉투를 서둘러 가방에 넣더니 빠른 걸음으로 사라졌다.

저거 혹시……

진우는 회귀 이전 터졌던 고교 야구 승부 조작 사건이 번뜩 떠올랐다.

그것 때문에 학교 여럿이 아주 박살 났었지.

그땐 우리 학교가 아니었는데, 또 변수가 생긴 건가?

일단 우리 학교에 손을 댔다면 한 명이 아닐 거다.

심상치 않은 광경에 걸음을 멈춘 진우가 머릿속을 뒤지는 동안, 시환의 뒷모습은 점처럼 멀어지고 있었다.

월요일.

문학 경기장으로 향하는 인천고 선수들은 설레는 감정을 숨기지 못했다.

2군이긴 하지만 진짜 프로 선수들과 맞대결한다는 생각이 들뜨게 만든 것.

반면 지난 위너스전에서 고전을 면치 못했던 류현석과 김태우는 설레기보단 걱정이 앞서는 눈치였다.

"2군이라고 해도 우리가 여태 상대했던 팀 중에선 최강 아니냐?"

"당연하지. 말이 2군이지, 드래곤즈는 2군이랑 1군 차이 없기로 유명하잖아."

위너스와의 경기를 통해 간절함을 배웠다면 이번엔 진짜 프로들의 실력을 경험할 차례였다.

게다가 연고지 구단의 현역인 만큼 감회가 남다를 수밖에 없었다.

하지만 긴장과 걱정도 잠시, 눈앞에서 현역 선수들을 마주하자 여기저기서 환호가 터져 나왔다.

"와, 최성이다! 박경현도 있어!"

"사인 먼저 받으면 안 되려나?"

"실물로 보니까 다들 엄청 크다."

얼마 전까지만 해도 드래곤즈 소속이었던 투코 이승후와 타코 안치효는 현역 선수들과 반갑게 인사를 나눴다.

"선배님, 안녕하신교."

"어이구, 코치님 아니야? 할 만하냐?"

"에이, 와이라는교. 하하하."

나이로 따지면 고참급인 안치효도 박경현에게 깍듯하게 인사했다.

"선배, 오늘 잘 부탁드립니다."

"요즘 인천고 잘나가더라? 살살해라. 하하하."

까까머리의 인천고 선수들은 그런 모습이 그저 신기한 듯 입을 벌리고 괜히 실실 웃었다.

"그러고 보니 레드 트윈스가 장비도 지원해 주고, 위너스 선배들이랑 경기도 하고. 올해 이상하게 운이 좋다?"

"그러게 말이다. 이게 다 진우 덕분이지. 어느 학교가 보스턴 인스트럭터들한테 코칭을 받겠냐?"

선수들이 잡담을 나누는 동안, 윤 감독과 김성훈 감독이 라인업을 교환했다.

"선배님, 좋은 자리 만들어 주셔서 감사합니다. 오늘 잘 부탁드립니다."

윤 감독의 공손한 인사에 김성훈이 손사래를 쳤다.

"인천고가 우리 연고지인데, 길게 보면 다 우리 후배 아니겠어요? 내가 감독으로 있는 동안은 자주 보도록 하죠."

재일교포 선수 출신이다 보니 일본식 억양이 섞여 듣기에 좀 어눌한 발음.

하지만 날카로운 눈빛은 명장다운 카리스마를 뿜냈다.

벤치로 돌아간 김성훈은 인천고의 라인업을 훑어봤다.

"류현석이라. 윤진우랑 같이 눈여겨봐야 할 친구였지, 아마? 재밌는 경기가 되겠어."

이번에도 인천고 선발 투수는 류현석이었다.

위너스전에서 1회에만 5실점 하며 탈탈 털렸던 류현석.

그런데 현석은 의외로 자신만만한 모습이었다.

"진우가 있는데 뭐가 걱정이야? 우린 이제 완전체라고!"

오히려 긴장한 선수들에게 너스레까지 떠는 현석이었다.

경기가 없는 월요일인 만큼, 드래곤즈의 몇몇 1군 선수들도 벤치에 대기 중이었다.

김성훈 옆에 자리 잡은 최고석이 입을 열었다.

"윤진우-류현석 배터리가 지금 고교 리그에선 원톱으로 꼽힙니다. 놀라운 건 둘 다 1학년이라는 점이고요."

고교 전국구 투수였던 김광훈을 영입한 지금, 김성훈은

박경현의 뒤를 이어 줄 젊은 포수를 찾고 있었다.

"오늘 채병훈이가 던지고 박경현이 받아 주기로 했어요. 어디, 어떻게 풀어 가나 봅시다."

포수 부문 골든글러브를 세 번이나 수상한 박경현.

박경현이 체력 안배를 위해 잠시 2군으로 내려간 때에 운 좋게(?) 경기를 붙게 된 것이었다.

인천고의 선공으로 경기가 시작됐다.

4번에 배치된 진우는 오랜만에 반가운 메시지들을 들을 수 있었다.

[선수별 컨디션 효과가 적용됩니다.]

[선호 포지션으로 경기를 시작합니다. 주 능력치와 모든 능력치가 소폭 상승합니다.]

[수비 +5, 모든 능력치 +2]

[선호 타선으로 경기를 시작합니다. 컨디션이 1단계 상승합니다.]

[모든 선수가 선호 포지션으로 출전합니다. 추가 효과가 적용됩니다.]

[선수단 전원 모든 능력치 +2]

[특성 '노련한 배터리'가 활성화됩니다.]

[노련한 배터리 Lv2 : 주전 포수로 출전 시 선수단 전원 모든 능력치 +4, 선발 투수 능력치 +4]

[팀 랭크가 A로 상승했습니다. 덱 효과가 적용됩니다.]
[상급 팀과의 경기를 시작합니다.]
[선수 성장폭 30퍼센트 증가.]
[능력치의 밸런스가 적용됩니다.]
[인천고 선수 모든 능력치 30퍼센트 감소.]
예상대로 모든 능력치가 30퍼센트 감소했다.
하지만 각종 버프에 배터리 호흡까지 더하고 나니, 류현석은 그런 대로 해 볼 만한 능력치가 나왔다.

[구속 80 제구 77 변화 75 체력 76 멘탈 73]

"많이 떨어지긴 했는데, 그때그때 특성 효과도 나올 테니까."
진우는 이번엔 상대 선발 채병훈의 프로필을 열었다.

[인천 드래곤즈]
■ 채병훈 ➔ / A- (우투우타. 185cm, 102kg)
■ 선호 포지션 : 선발 투수SP
■ 능력 : 오버롤 88
구속 96 제구 87 변화구 90 체력 79 멘탈 88
■ 특성 :
-슬로 스타터 Lv2 : 3이닝 이후 매 이닝 구속 +4, 구위 +4

-파워 피쳐 Lv2 : 구속 +4, 구위 +4, 제구 -4

 5선발급인 채병훈이었기에 상상 이상으로 엄청나진 않았다.
 하지만 인천고를 상대로는 분명히 위압적인 능력치였다.
 게다가 이닝이 거듭될수록 구속과 구위가 강해지는 케이스.
 진우는 과연 리그 최고의 포수 박경현이 어떻게 경기를 리드해 갈지 집중하기 시작했다.
 인천고의 선두 타자로 고정되다시피 한 스위치 타자 국해진은 우투 채병훈을 맞아 좌타석에 들어섰다.
 슈우우욱-
 터억!
 "스트- 라익!"
 용병 알바레스의 위압적인 공을 받아 본 적이 있었기에, 151km/h의 구속에도 고개를 끄덕이며 배트를 몇 번 휘둘러 보는 국해진이었다.
 '볼 끝이 살아 움직이는 것 같다. 그래도 영 못 칠 정도는 아니야.'
 국해진은 진우의 조언대로 간결한 스윙을 가져가는 데 집중했다.
 클린업 중심 타선의 경우, 테이크백을 깊게 가져가거나

무게중심을 뒤에 둔 채 큰 궤적을 그려 선을 그리듯이 배팅을 한다.

반면 리드오프의 경우, 장타보단 출루가 우선인 만큼 간결하게 점을 찍듯 때려 내는 게 필요했다.

국해진은 자신에게 가장 적합한 간결하고 매끄러운 스윙을 찾아가고 있었다.

3구째.

스트라이크-볼-스트라이크를 순서대로 꽂아 들어오는 채병훈의 공을 국해진이 손목을 써서 밀어 쳤다.

따악!

'윽, 힘이 장난이 아니야.'

공이 삼유간을 꿰뚫자, 채병훈이 고개를 갸웃했다.

"멋있다, 국해진!"

"가자, 가자!"

위너스전과 달리 순조로운 출발에 인천고 선수들은 환호성을 터뜨렸다

2번 타자, 좌익수 나요한.

요한은 타석에 들어서기 전 진우를 향해 눈짓을 보냈다.

'진우 네 말대로 루틴 만들어 봤으니까, 잘 봐.'

진우가 빙긋 웃으며 고개를 끄덕였고, 좌타석에 들어선 나요한은 성호를 그었다.

"하늘에 계신 우리아버지……."

그러곤 나지막이 주기도문을 읊조리기 시작했다.

나요한은 배트를 이용해 홈플레이트에 십자가를 그은 뒤, 다시 한 번 허공에 크게 십자가를 그렸다.

"저희를 유혹에 빠지지 않게 하시고."

양손으로 배트를 말아 쥔 요한은 태엽 감듯 허리를 뒤로 쭉 틀었다가 천천히 타격 자세를 잡으며 마운드를 노려봤다.

"악에서 구하소서."

이미 사인을 교환한 채 그 모습을 지켜보던 마운드의 채병훈은 투구 타이밍을 다시 잡기 위해 1루에 견제구를 던졌다.

그러자 왼손을 들어 보인 나요한이 다시 한 번 루틴을 가져가기 시작했다.

"저희 죄를 용서하시고……."

입맛을 다신 뒤 와인드업에 들어간 채병훈은 선두 타자에게 안타를 맞은 뒤 투구 타이밍까지 흔들리기 시작했다.

'하……. 타격 준비를 하루 종일 하네. 은근히 신경 쓰이는데?'

결국 채병훈은 초구, 가운데로 몰리는 실투를 던지고 말았다.

따악!

매일 천 번이 넘는 스윙 훈련을 거듭했던 나요한이었다.

마치 세 번째 팔인 양 한 몸처럼 움직이는 배트는 실투를 놓치지 않았다.

결대로 당겨 친 타구는 우익수 앞에 떨어지는 안타가 됐다.

"이에에에!"

"잘한다, 나요한! 최고다!"

무사 주자 1, 2루.

채병훈이 연속 안타를 허용하자, 이번엔 박경현이 고개를 갸웃하더니 신중하게 사인을 보냈다.

그런데 타석에 3번 타자 강시환이 들어서자, 진우의 눈매가 날카로워졌다.

간밤의 강시환이 떠올라서였다.

아마 봉황대기에서 조작하라고 사주를 받았을 거야.

누가 접근한 거지?

다른 선수들한테도 접근한 건가?

진우는 섣불리 물어보기보단 일단 상황을 신중하게 지켜보기로 했다.

시환은 평소답지 않게 불안한 기색이 역력했다.

기세에 따라 능력치가 큰 폭으로 변동하는 특성을 가지고 있는 만큼, 지금 시환에겐 어떤 말을 해도 기세가 오를 리 없는 상황이었다.

박경현의 미트는 철저하게 낮고 먼 코스에 머물렀다.

연속 안타에 위기감을 느꼈는지, 채병훈의 공은 정확하게 미트를 향해 박히기 시작했다.

슈우우욱-

틱!

틱!

그런데 시환의 타격은 누가 봐도 파이팅을 찾아볼 수 없었다.

결국 빗맞은 공은 힘없이 3루수 정면으로 굴러갔다.

"마이 볼!"

"헤이!"

터억-

눈 깜짝할 새였다.

3루 베이스를 찍은 공은 2루, 1루에 자로 잰 듯이 날아갔다.

"나이스!"

완벽한 짜임새의 드래곤즈 수비진은 삼중살이라는 보기 드문 플레이를 선보인 뒤 벤치로 달려갔다.

상상도 못한 최악의 경우의 수가 나오자, 선발 투수 류현석은 벌어진 입을 다물지 못했다.

"아니, 방금 전까지 무사였잖아! 한 방에 공수 교대라고?"

"와… 할 말을 잃었다."

클래스가 다른 수비력에 현석뿐만 아니라 모두가 벙쪄 버렸다.

진우는 그런 선수들을 격려하며 야수들을 불러냈다.

"괜찮아, 괜찮아! 잘하고 있어! 가자!"

강시환의 내막을 알지 못하는 선수들은 일단 그라운드로 움직였다.

마스크를 뒤집어쓴 진우는 시환에게서 눈을 떼지 않았다.

누구냐.

또 누가 돈을 받은 거냐고.

눈길이 느껴졌는지, 문득 진우와 눈을 마주친 시환은 제 풀에 소스라치며 시선을 피했다.

이제야 완전체가 됐다며 기뻐하던 선수들.

폭염 속, 전에 없던 강도 높은 훈련을 이어 가면서도 웃음을 잃지 않던 선수들.

저학년, 고학년 할 것 없이 동산과의 승부를 벼르면서 봉황대기만을 손꼽아 기다리던 선수들이었다.

진우는 새삼 온몸의 장비가 무겁게 느껴지며 분노가 치미는 것을 애써 억눌렀다.

누구라도 우리 팀을 망치려 들면 가만두지 않는다.

절대로 가만두지 않을 거라고.

회귀 이후, 자신의 성장조차도 팀을 위해 맞춰 온 진우였다.

만일 승부 조작을 사전에 해결하지 못한다면 그동안의 노력이 물거품이 되는 것은 물론, 지금으로선 몇 명인지조차 알 수 없는 동료들이 영영 야구판을 떠나야 하는 거다.

승패를 떠나 즐거운 경험의 장이 되어야 할 오늘 경기였다.

하지만 진우는 시끄러운 마음을 억누르기가 쉽지 않았다.

김성훈 감독은, 인천고의 수비가 시작되자 고개를 내밀고 유심히 승부를 지켜보기 시작했다.

'프로팀 상대로 얼마나 머리를 쓸 수 있나 보자. 소문이 사실인지는 지켜보면 알게 되겠지.'

드래곤즈의 선두 타자는 좌타자 조동혁이었다.

175센티미터의 작은 체구였지만, 그만큼 빠른 발과 정교한 타격으로 1.5군 선수라는 호평을 받는 선수였다.

진우는 현석의 제구를 믿고 보더라인으로 미트를 옮겼다.

타자의 팔꿈치부터 무릎까지의 높이, 홈플레이트 좌우 간격만큼의 넓이를 가진 가상의 네모.

그 임의의 스트라이크존을 향해 공을 던지며 볼과 스트라이크의 경계를 파악하는 것.

프로 리그의 좁은 스트라이크존을 활용하려면 일단 투수가 그 경계를 확실히 알 수 있도록 유도해야 했다.

Chapter 12

진우는 체구가 작고 리치가 짧은 조동혁을 상대로 먼 곳에 미트를 옮겼다.

일단 방향이 잡히자 이제 볼 배합을 정리했다.

조동혁은 스윙이 빨라서 오히려 느린 변화구로 타이밍을 뺏어야 해.

영점 잡으면서 천천히 가자.

바깥쪽 패스트볼과 체인지업을 섞는 투 피치.

슈아악-

터억!

"스트라이익, 투!"

철저한 바깥쪽 승부로 1-2의 카운트.

인천고 배터리는 결정구로 몸 쪽 커브를 선택했다.

무의식적으로 바깥쪽 코스를 염두에 두던 조동혁은 갑자기 몸 쪽으로 공이 뻗어 오자 흠칫 놀라며 체크 스윙했다.

틱!

"파울!"

허를 찌르는 결정구였는데, 역시 프로는 프로였다.

아쉬운 듯 고개를 하늘로 쳐드는 현석을 보며 진우도 못내 아쉬워했다.

잘 던졌는데, 잘 쳤어.

역시 만만치 않은데?

고교 타자였다면 이미 삼진이나 내야 땅볼 아웃이었을 거다.

하지만 상대는 현석의 구위가 먹히지 않는 프로.

진우는 리드의 방향을 수정했다.

현석이는 오늘 길어야 4이닝이다.

있는 구질 다 써먹어도, 한 바퀴 돌고 나면 금방 대처가 될 거야.

이젠 로케이션으로 눈을 현혹시켜야 해.

그렇게 하면 적어도 타자 일순하기 전엔 충분히 먹힌다.

5구, 진우의 사인은 바깥쪽 슬라이더였다.

현석의 손끝을 떠난 슬라이더는 일면 커브와 같은 궤적을 그리는 듯하더니, 바깥쪽으로 쭉 흘러나갔다.

140km/h의 빠른 슬라이더.

"윽!"

조동혁은 코스와 타이밍까지 혼동이 오면서 엉겁결에 배트를 낼 수밖에 없었다.

따악-

탁탁탁.

빗맞은 타구는 3루를 향하는 땅볼이 됐고, 강시환이 공을 캐치해 1루로 뿌렸다.

승부를 지켜보던 김성훈은 천천히 고개를 끄덕였다.

'제법이야. 같은 손 타자의 바깥쪽으로 달아나면서 헛스윙을 유도하는 게 슬라이더지. 가장 정답에 가까운 선택이었어.'

좌투와 좌타의 대결.

까다로운 첫 타자를 잡아내자, 현석은 점점 확신이 생겼다.

'확실히 진우가 앉아 있으니 달라. 나는 그냥 미트 보고 던지기만 하면 되니까 그립이랑 제구에 더 집중할 수 있다고. 오늘은 저번처럼 안 깨진다!'

탄력을 받은 류현석은 2번 이명희를 중견수 플라이 아웃으로 잡아냈다.

하지만 3번 박재석이 2루수 키를 넘기는 단타로 출루하면서 4번 최성과 승부를 맞게 됐다.

우타거포 최성을 상대로 진우는 공격적인 사인을 냈다.

어설프게 피해 가려다간 제대로 걸린다.

초구만 넣을 수 있으면 아예 맞춰 잡는 게 나아.

슈아아악-

뻐억!

진우의 사인대로 류현석의 151짜리 패스트볼이 몸 쪽을 꽉 채우며 들어갔다.

"스트라이익!"

지켜보던 드래곤즈 더그아웃에서 탄성이 터져 나왔다.

"와, 제법인데? 최성 상대로 겁도 없어."

김성훈 역시 같은 생각이었지만, 다음 승부에 몰두하느라 다른 말이 들리지 않았다.

진우는 다시 한 번 우타자 몸 쪽 코스를 선택했다.

이번엔 짧고 급격하게 휘어지는 커터.

고개를 끄덕인 현석이 공을 뿌렸다. 복잡한 머리싸움은 진우가 다 하고 있었기에 그저 공 던지는 데에만 집중할 수 있었다.

후우욱-

높은 코스의 공이라 보고 힘껏 배트를 휘두른 최성은 플레이트 앞에서 급격하게 휘어지는 커터를 간신히 건드렸다.

탁!

배트는 공의 윗부분을 때렸고, 타구는 투수 앞 땅볼.

그렇게 2사 1루였던 1회 말 드래곤즈의 공격은 득점 없이 끝났다.

최고석과 김성훈은 말을 아끼면서도, 눈을 마주치며 연신 고개를 끄덕였다.

인천고 배터리의 실력이 단지 소문이 아니었음을 검증했다는 듯한 표정이었다.

2회 초.

인천고의 공격은 진우가 선두 타자로 나서며 시작됐다.

동산고와의 난투극 이후 첫 실전 경기인 만큼, 진우는 경기 감각을 찾겠다는 생각이 컸다.

"잘 부탁드립니다."

"어. 잘 부탁한다."

진우가 꾸벅 허리를 굽혀 보이자 박경현이 기분 좋게 대답했다.

윤 감독 역시 진우가 무리하지 않는 선에서 경기 감각을 찾길 바라고 있었다.

동시에 내심 진우의 볼 배합과 리드에 놀란 눈치였다.

'아마추어 고교 팀이 프로를 상대로 가장 최선의 수가 있다면, 진우는 그 수만 골라서 진행하는 느낌이야. 훈련 못 했던 그동안 준비를 많이 했구나.'

그렇게 베테랑 포수 박경현과 신참 포수 진우의 수싸움이 시작됐다.

박경현이 사인을 냈다.

'어디, 얼마나 따라올 수 있나 볼까? 일단 눈에서 먼 코스부터 가 보자고.'

캐처의 기본적인 볼 배합이 몇 가지 있다.

대각선 투구와 상하 조합 등으로 시선에 혼돈을 주는 것.

그리고 스트라이크존 밖에서 안으로 들어오는 변화구를 활용해 인앤아웃 리드.

구속 조절로 타자의 타이밍을 뺏는 오프 스피드 피치.

진우의 실력에 흥미를 느낀 박경현은 좌타석에 들어선 진우를 상대로 바깥쪽을 꽉 채우는 커브를 주문했다.

슈아악-

터억!

"스트라익!"

느린 공이었지만, 확실히 좌타자 입장에선 까다로운 공이었다.

저만치 멀리 빠져나가는 듯하다가 눈앞에서 뚝 떨어지면서 7시 방향의 모서리를 꽉 채우는 공.

배트를 낼 생각조차 들지 않는 공이었다.

오후, 한적한 카페.

정장을 빼입은 사내는 아이스커피를 홀짝이는 중이었다.

사내는 손목시계를 들여다보며 카페 현관으로 시선을 옮겼다.

"올 때가 됐는데."

드르륵-

그때 자동문이 열렸다.

목이 다 늘어난 반팔 티에 등산복 바지, 후줄근한 차림의 이재성은 자신을 바라보는 사내와 눈이 마주쳤다.

사내가 살짝 자리에서 일어나 그를 맞았다.

"사장님, 오셨습니까? 날이 많이 덥죠?"

"예. 잠깐 나온 거라, 얼른 용건만 하고 갑시다."

이재성은 자리가 영 탐탁잖은지 불편한 표정이었다.

정장 차림의 사내는 급할 거 있냐는 듯 느긋하게 품속 메모지를 꺼내 테이블 위에서 스윽 밀었다.

"그러시죠. 일단 3명 모두 선수금 전달했습니다."

주변을 스윽 둘러본 이재성이 메모지로 시선을 옮겼다.

"그 선수들 이름이요?"

"그렇습니다. 혹시 대진 운에 따라 만나지 않더라도……."

"그 팀이 승승장구하면 우리가 이걸 폭로해도 된다, 이거 아니오?"

연신 땀을 닦던 이재성이 쏘듯이 말하자, 정장 사내가 비릿하게 웃었다.

"그렇죠. 여섯 군데 정도 손을 써 놨는데, 앞으로 점점 늘어날 겁니다."

동산 이재성 감독은 이런 일에 휘말렸다는 사실 자체에 상당한 불만을 갖고 있었다.

'어지간하면 이런 건 손 안 대려고 했지만, 거부하기엔 너무 큰 금액이라고.'

이재성의 생각을 읽기라도 한 것처럼 정장 사내가 말을 이었다.

"사장님은 그저 이 명단 잘 기억해 두셨다가, 혹시나 맞대결을 하게 됐을 때 잘 활용해 주시면 됩니다. 이번 일로 아마 인천고는 향후 10년은 죽은 듯이 납작 엎드려 있어야 할 겁니다."

이재성은 그동안 야구부 운영위원회의 입맛대로 팀이 굴러가는 것을 묵인해 올 수밖에 없었다.

많은 학교와 프로 구단이, 실질적인 재력을 움켜쥔 프런트가 원하는 대로 돌아가는 실정이었으니까.

상황이 이렇게 되니 이재성도 다른 마음이 생겨 버렸다.

'어차피 허수아비 감독인 거, 돈이나 한몫 제대로 벌자고.'

마른세수를 거듭하던 이재성이 입을 열었다.

"그래서, 내 몫은 언제 주는 거요?"

"사장님."

웃음기가 가신 정장 사내가 목소리를 낮게 깔았다.

"이제 이번 일에 발 담그신 겁니다. 이제 와서 생각을 바꾼다거나 사전에 발설이 되면? 사장님도 이 바닥에서 영영 끝나는 겁니다. 아무쪼록 잘 부탁드립니다."

이재성은 말없이 사내를 노려봤고, 사내도 눈을 피하지 않았다.

사내는 옆자리에서 묵직한 종이봉투를 들어 올려 테이블 위에 올려놨다.

"연락드리겠습니다. 제가 드린 전화기, 꼭 가지고 다니시고요."

사내가 카페를 나서자, 이재성은 주변을 스윽 둘러본 뒤 봉투를 쥐어 들었다.

그리고 다리 사이로 내린 봉투를 슬쩍 열어 살폈다. 봉투 안엔 만 원짜리 다발이 잔뜩 들어 있었다.

'하나, 둘, 셋……. 엄청 무겁네. 5천만 원이라고, 5천만 원!'

전국체전 예선 난투극이 벌어졌을 무렵, 이재성에게 한 사내가 찾아왔다.

자신을 최 사장이라고 밝힌 사내는 솔깃한 제안을 해 왔다.

언제 잘릴지 모르는 유명무실한 고교 감독으로 있으니, 간단한 승부 조작을 도와준다면 큰 액수를 보장하겠다는 것.

청룡기가 흥행하면서 최근 들어 부쩍 인기가 높아진 고

교 리그였다.

돈이 돌 거라는 생각에 사내는 사설 도박 사이트를 만들었고, 이제 사전 조작을 할 차례였다.

사내의 말대로라면 이재성이 해야 할 일은 많지도 않았다.

목표는 이번 봉황대기.

전국적으로 몇몇 고교 선수들에게 접근할 예정인데, 그중엔 화제의 중심인 인천고와 동산고도 포함이었다.

이재성은 동산 선수들의 조작을 묵인해 주고, 인천고를 포함한 경쟁 학교들의 조작 내용까지 전달받는다.

그러니 이재성은 모든 경기를 유리하게 풀어 갈 수 있고, 언제든 인천고의 조작 사실을 폭로함으로써 라이벌 인천고를 무너뜨릴 수 있는 무기를 쥐게 되는 셈.

사내로서는 이재성과 손을 잡는 것으로, 흥행 보증수표나 다름없는 동산과 인천고의 목줄을 움켜쥘 수 있는 거래였다.

그 대가로 이재성에게 돌아가는 금액, 5천만 원.

이재성에겐 무려 3년치 연봉이었다.

이미 지도자로서의 역할을 하지 못해 매너리즘에 빠져 있던 이재성이었다.

홧김에라도 때려치우고 싶던 판에, 거부하기 힘든 제안이었다.

혹시라도 동산의 승부 조작 사실까지 폭로된다고 해도

이미 거금을 손에 쥔 이재성으로서는 남는 장사였으니까.

"큼, 흠."

이재성은 묵직한 종이봉투를 가슴께에 끌어안고 자리에서 일어섰다.

주변을 흘깃거리며 밖으로 나온 이재성은 팔뚝으로 연신 땀을 닦았다.

"날은 왜 이렇게 더워?"

그리고 근처에 세워 둔 녹슨 고물 승용차에 빠르게 올라탔다.

탁-

운전석에 앉아 문을 닫자 온몸이 부르르 떨려 왔다.

"후우! 저질렀다. 저질러 버렸다고."

이재성은 종이봉투를 조수석에 올려놓고 담배를 꺼내 물었다.

라이터를 켜는 손이 미세하게 떨리고 있었다.

진우는 자신의 능력치를 살피느라 초구를 흘려보냈다.

[인천고 / 랭크 A]

- 윤진우 ↑ / 랭크 S+ (우투양타. 183cm, 85kg)
- 선호 포지션 : 포수C
- 선호 타선 : 클린업
- 칭호 : 캡틴
- 능력 : 오버롤 86

컨택 84 파워 85 주루 81 수비 89 송구 94
- 특성 :

-초월자 : 패시브. 멘탈이 비약적으로 상승

-선구안 : 패시브. 히든 스탯 동체 시력이 대폭 상승

-노련한 배터리 Lv2 : 주전 포수로 출전 시 선수단 전원 모든 능력치 +4, 선발 투수 모든 능력치 +4

-초보 사령관 Lv2 : 주전 포수로 출전 시 수비 능력치 +4

-에이스 킬러 Lv2 : 상대 투수의 능력에 비례해 컨택, 파워 상승

-강견 Lv2 : 포수 견제사 확률이 높아짐. 수비 +4, 송구 +4

-클러치 히터 Lv1 : 4번 타자 선발 출전 시 파워 +2, 컨택 -2

-초급 지휘관 Lv1 : 야구 이론에 능한 플레이어. 히든 스탯 센스 +2

 각종 버프와 -30퍼센트가 적용된 능력치는 처참할 정도였다.

[컨택 65 파워 69 주력 64 수비 80 송구 81]

하지만 반가운 메시지도 들려왔다.

[특성 에이스 킬러가 발동됩니다.]

[컨택 +8, 파워 +9]

[상대 투수의 구질을 분석합니다. 오버롤이 부족해 궤적을 동기화할 수 없습니다.]

[최고 구속 154km/h. 포심, 체인지업, 서클 체인지업, 포크볼, 슬라이더. 주 무기 포크볼.]

컨택이 73, 파워가 78까지 상승하자 진우는 고개를 끄덕였다.

정확하게 노림수만 가져가면 단타 정도는 뺄 수 있겠어.

능력치 상태를 확인했으니 이제 박경현의 머릿속을 읽어야 했다.

눈에서 먼 코스로 집어넣고, 몸 쪽 속구로 카운트 잡으려는 건가?

제2구.

120km/h대였던 바깥쪽 커브와 정반대로 이번엔 몸 쪽 높은 코스의 패스트볼이 쏘아져 왔다.

슈우우욱-

뻐억!

"스트- 라익! 투!"

초구나 2구, 둘 다 타자 입장에선 알면서도 배트를 내기 힘든 코스였다.

타자에게 가장 먼 곳에 하나, 가장 가까운 곳에 하나.

제구만 잘 된다면, 배트를 낸다고 해도 정타를 맞히기 어려운 코스이기도 했다.

진우는 몸 쪽으로 바짝 붙는 패스트볼을 그대로 지켜봤다.

이건 쳐 봤자 범타야.

처음이라고 정석대로 가 보는 건가?

아마 경현 선배는 나랑 수싸움을 한다고 유인구를 낼 거다.

코너워크에 오프 스피드까지 보여 줬으니, 이번엔…….

진우가 빠르게 고민을 이어 가던 그때, 박경현은 일부러 왼쪽으로 조금 자리를 옮겨 앉았다.

진우의 신경을 건드려 보려는 목적이었다.

'안 그래도 머릿속이 복잡할 텐데, 내가 이렇게 빠져 앉았으니 더 신경 쓰일 거다.'

박경현이 사인을 냈고, 채병훈의 손끝에서 제3구가 뻗쳐 나왔다.

슈우우욱-

팟!

한가운데로 들어오다가 눈앞에서 브레이킹이 걸리면서 바운드가 된 포크볼이었다.

어지간한 프로 타자들도 붕붕 배트를 돌리고 마는 채병훈의 주 무기.

그런데 날카로운 눈으로 공을 지켜보던 진우는 배트를 움직이지도 않았다.

볼 카운트 1B 2S.

내심 놀란 박경현이 휘파람을 불었다.

"이야, 제법인데? 잘 참았다."

대견하다는 듯 진우의 엉덩이까지 툭 쳐 주는 박경현이었다.

진우는 빙긋 웃으며 고개를 한 번 숙여 보였다.

동체 시력 덕분에 공은 잘 보인다고.

어디, 슬슬 하나 노려볼까?

박경현은 마스크 사이로 진우가 배트를 고쳐 쥐는 모습을 확인했다.

그러자 채병훈의 구위를 진우가 이겨 낼 수 있을지 궁금해졌다.

'수싸움은 이쯤하고 정면 승부 해보자는 것 같은데. 패스트볼로 한번 눌러 볼까?'

박경현의 바깥쪽 패스트볼 사인에 맞춰 채병훈이 와인드업에 들어갔다.

카운트가 몰렸으니, 커트라도 해야 하는 상황.

채병훈의 패스트볼이 진우와 가장 먼 코스를 향해 쏘아져 나왔다.

슈아아악-

[152km/h]

진우는 순간적으로 구속을 확인했다. 그리고 손목을 이용해 공의 방향만 바꿔 주는 느낌으로 배트를 돌렸다.

따악!

힘들이지 않은 매끄러운 타격에 공은 찍히듯 튕겨 나가 3루수의 키를 넘겼다.

파울 라인을 따라 아슬아슬하게 페어로 떨어지는 좌전 안타.

"그렇지이!"

"나이스 안타! 진우 최고다!"

1루에 안착한 진우가 양손을 들어 보이자, 인천고 더그아웃에서 박수갈채가 쏟아졌다.

결과만 보면 그냥 1루타에 불과했다.

하지만 리그 최고의 포수를 상대로 뽑아낸 안타였기에 수싸움을 지켜본 모두가 고개를 끄덕였다.

"제법인데?"

"생각 없이 휘두르는 어린애는 아니네."

벤치에서 팔짱을 낀 채 바라보던 드래곤즈 1군 선수들도 점점 흥미를 느끼고 있었다.

만일 채병훈이 그냥 한가운데로 퍽퍽 꽂아 댄다고 해도 인천고 선수들이 쉽게 쳐 내지 못할 것이었다.

아직 성장기에 있는 어린 선수들의 힘과 수년간 강도 높은 웨이트로 다져진 프로 선수의 힘.

실력이나 센스로 극복하기 힘든 질적인 차이가 너무 컸다.

그런데 거기에 코너워크까지 더해지면, 답이 없는 거다.

1회 초 연속 안타와 진우의 1루타는 여러모로 큰 의미가 있는 타구였다.

무사 1루.

5번 타자 김세완은 패스트볼만을 노리고 타석에 들어섰다.

'직구. 무조건 직구. 직구 들어오면 그냥 돌린다.'

성격이 단순하고 힘으로 맞대결하길 좋아하는 세완이었다.

복잡한 승부보단 패스트볼 타이밍에 자기 스윙을 가져가는 스타일.

마침 드래곤즈 배터리는 속구 위주의 공격적인 리드로 경기를 풀어 가기 시작했다.

슈우우욱-

부웅!

세완은 기다렸다는 듯 초구부터 배트를 돌렸다.

하지만 스윙이 반 박자 늦으면서 헛치고 말았다.

연이은 속구에 파울을 만들어 내며 타이밍을 맞춰 가던

1B 2S.

부웅-

"헉!"

"스트럭- 아웃!"

"크으, 아깝다."

허를 찌르는 체인지업에 세완은 속절없이 삼진을 먹고 물러섰다.

여태 겪어 본 것 이상의 수준급 브레이킹 볼이 들어오자, 타이밍을 완전히 놓쳐 버린 거다.

6번 지명 타자 류현석 역시 진우의 언질대로 패스트볼만 노리고 타석에 들어섰다.

"넌 악력이랑 손목 힘이 좋으니까, 방향만 바꿔 준다는 느낌으로 돌려. 괜히 변화구 대처하다가 타격 폼 무너지지 말고. 오케이?"

1사 1루.

현석은 1루의 진우를 한 번 쳐다본 뒤 마운드를 노려봤다.

'손목으로 가볍게······.'

채병훈은 낮고 빠른 패스트볼로 카운트를 잡으러 들어왔다.

앞서 김세완의 타이밍이 반 박자 늦었던 걸 지켜봤던 류현석은 일부러 타격 포인트를 앞에다 둔다는 느낌으로 빠르게 스윙을 가져갔다.

슈우우욱-

탁!

작정하고 배트를 돌린 현석의 타격이었다.

"오, 쳤다!"

타구는 유격수의 키를 간신히 넘기는 행운의 안타로 연결됐다.

"그렇지! 어, 뛰어! 뛰어!"

히트 앤 런 사인이 났던 상황. 리드 폭을 넓게 가져갔던 진우가 빠르게 3루까지 쇄도했다.

그렇게 1사 1, 3루.

인천고의 득점 기회였다.

허를 찔린 박경현은 너털웃음을 지으면서도 박수를 쳐줬다.

"하하하하, 생각보다 짜임새가 좋은데? 이거 너무 쉽게 생각하면 안 되겠어."

인천고 7번 타자는 2루수 박윤수였다.

진우는 3루에서 윤수를 향해 눈짓을 보낸 뒤, 1루의 현석을 쳐다봤다.

현석 역시 진우와 눈을 마주치고 고개를 끄덕였다.

진우가 자세를 낮추고 조심스레 리드 폭을 조절했다.

여기까진 예상대로 흘러왔는데, 이번 작전이 먹힐까?

윤수는 타격보단 작전 수행형 타자야.

체격에 비해 발이 빠르고 영리하거든.

박경현은 병살타를 유도할 작정으로, 변화구 위주의 몸쪽 볼 배합으로 흐름을 바꿨다.

동시에 드래곤즈 수비진의 위치까지 전체적으로 우측으로 이동했다.

'타격 스탠스가 당겨 치는 스타일인 것 같은데. 미안하지만 용케 쳐 봤자 병살일 거다.'

그리고 이어진 승부.

체크 스윙을 하며 타이밍을 잡아 본 박윤수는 좌타석 우측으로 조금 빠져 섰다.

1B 1S, 제3구.

좌타자 몸 쪽 꽉 찬 코스를 파고드는 커터였다.

슈우욱-

그러자 윤수가 빠르게 몸을 움츠렸다.

틱!

페이크 기습 번트였다.

타석에서 우측으로 조금 빠져 있었던 덕분에 타구는 3루수 방향으로 떨어졌다.

"댔다! 됐다!"

타구를 확인한 진우가 망설임 없이 홈을 향해 내달리기 시작했다.

탁탁탁!

박경현은 순간적으로 마스크를 벗어 던지며 공을 향해 달려갔다.

'이런… 홈은 늦었다. 2루!'

1루 주자는 류현석.

선발 투수이면서 몸집이 큰 류현석을 잡고 1루까지 병살로 연결할 수 있겠다는 판단이었다.

공은 박경현의 강력한 어깨 힘을 받으며 2루로 날아갔다.

쐐애애액-

류현석은 젖 먹던 힘까지 짜내 전속력으로 달려와선 2루를 향해 헤드 퍼스트 슬라이딩을 했다.

"윽!"

츄아아악-

"아웃!"

간발의 차이로 류현석이 아웃, 드래곤즈의 유격수는 곧바로 1루를 향해 공을 뿌렸다.

슈아아악-

1루에서도 박윤수가 과감하게 헤드 퍼스트 슬라이딩을 했다.

촤아악-

"세잎, 세잎!"

그사이 3루 주자 홈인, 타자 주자 세이프.

2회 초 2사 1루, 인천고의 1점 차 리드가 시작됐다.

"이예에에쓰!"

"우리 작전이 먹혔어! 박윤수 멋있다아!"

누가 보면 한국 시리즈 우승이라도 한 것처럼 인천고 선수들은 난리가 났다.

1루 베이스를 밟고 일어선 윤수가 주먹을 들어 보였고, 박수가 쏟아졌다.

"대박. 솔직히 좀 멋있었다."

"박윤수! 박윤수!"

박경현은 한 방 제대로 먹었다는 표정이었다.

더그아웃에 들어가며 동료들과 하이파이브를 하는 진우의 뒷모습이 눈에 들어오자, 가만히 상황을 정리해 봤다.

'벤치 사인은 아니었고. 가만 보니 타자별 노림수까지도 저 친구가 언질을 준 모양인데. 여기까지 머릿속에 그리고 있었던 건가?'

세상 무덤덤한 얼굴로 경기를 지켜보던 김성흔이 가볍게 박수를 쳤다.

"재밌는 팀이에요. 최 팀장이 앞으로 잘 부탁해요. 도움이 필요하면 말하고."

어지간해선 좀처럼 감정 표현을 하지 않는 김성흔이었다.

그런 김성흔이 상대 팀을, 그것도 고교 팀을 향해 박수를 보낸다는 것은 보기 드문 광경이었다.

진우를 콕 집어 말하진 않았지만, 김성흔의 시선은 진우를 겨냥하고 있었다.

프로 선수들을 상대로 이런 유기적인 플레이를 보여 줄 수 있는 팀.

그 중심에 누가 있는지 단번에 알 수 있었기 때문이었다.

최고석은 자신의 안목이 인정받았다는 느낌에 새삼 진우를 향한 고마움이 일었다.

'동산한테 깨질 때의 모습은 완전히 사라졌어. 포수 한 명이 팀을 저렇게 좌지우지할 수 있다니……'

3회까지 1실점으로 마운드를 책임진 류현석이 진동준으로 교체됐다.

동준의 호투에 힘입어 경기는 박빙으로 흘러갔다.

오태구와 최은강으로 이어진 인천고 투수진이 종반까지 총 5실점으로 분투.

그동안 인천고는 중심 타선의 활약으로 1점을 추가로 얻어 냈다.

최종 스코어 5 대 2, 인천고의 분패였다.

하지만 인천고 선수들은 기죽어하기는커녕, 크지 않은 점수 차가 아쉬운지 여전히 눈을 반짝거렸다.

드래곤즈 선수들은 몸을 사리지 않는 인천고의 플레이에 칭찬을 아끼지 않았다.

주장 박경현이 대표로 한마디를 건넸다.

"친선전이니까 가볍게 생각했는데, 오히려 우리가 많이

배웠어요. 덕분에 우리도 파이팅이 올라왔다니까. 하하하, 선발 투수가 슬라이딩을 할 줄이야."

박경현의 말대로 인천고 선수들의 유니폼은 타자, 투수 할 것 없이 흙투성이였다.

김성흔 감독은 선수들끼리 조언과 대화를 나눌 수 있도록 배려해 준 뒤, 윤 감독을 찾았다.

평소와 다르게 상기된 얼굴이었다.

"좋은 경기였어요. 이 정도면 고교 팀 중에선 손꼽히는 전력일 것 같은데, 아주 든든하겠어요."

윤 감독은 김성흔의 말이 인사치레가 아니라는 걸 알고 있었기에 내심 기뻐하면서도 공손하게 답했다.

"아직 갈 길이 멉니다. 저희야말로 좋은 경기 가질 수 있어서 영광입니다."

그런데 김성흔이 뜻밖의 제안을 해 왔다.

"윤 감독이 원한다면 우리 시즌 끝나고 전지훈련을 같이 갈 수 있도록 이야기해 둘까 하는데. 생각해 보고 이야기해 줘요."

"예? 전지훈련을 말입니까?"

"천천히 생각해 봐요. 서로 좋은 기회가 될 것 같으니까."

김성흔이 돌아간 뒤에도 드래곤즈 선수들은 인천고 선수들과 시간을 보냈다.

대부분 처음 보는 사이였지만, 같은 지역 연고 선후배라는 사실이 끈끈한 유대감을 만들어 줬다.

그렇게 적잖은 수확과 뜻밖의 제안을 들고, 인천고 선수단은 학교로 돌아왔다.

위너스전보다 더욱 박빙으로 펼쳐진 경기였다. 게다가 그 선수들과 피드백 시간까지 갖고 나자, 인천고 선수들은 아직도 흥분을 가라앉히지 못했다.

"맨날 이렇게 했으면 좋겠다. 그럼 진짜 쭉쭉 클 텐데. 안 그러냐?"

"그러니까. 솔직히 몇 달만 계속하면 한 번쯤은 이길 수도 있을 것 같다고!"

그런데 진우의 표정은 밝지 않았다.

학교에 도착할 때까지 진우의 눈치를 살피던 현석이 슬쩍 다가왔다.

"너 다리 안 좋냐? 얼굴이 계속 왜 그러냐."

생각에 잠겨 있던 진우가 입꼬리만 올려 억지로 웃었다.

"아무것도 아냐. 오늘 고생 많았어."

들뜬 선수들이 마무리 훈련에 매진하는 동안, 진우는 가볍게 운동장을 뛰며 고민을 이어 갔다.

회귀 이전엔 3학년 때 승부 조작이 터졌었지.

브로커는 못 잡고, 조작에 가담한 선수들만 언론에 터져서 쑥대밭이 됐었고.

이걸 어떻게 처리한다?

러닝을 하는 동안 진우는 매서운 눈으로 선수들을 하나하나 살폈다.

직접 정황을 포착했던 강시환을 제외하곤 특별히 눈에 띄는 선수가 없었다.

하긴, 나 돈 받았네 하고 이마에 써 붙여 놓은 것도 아니고.

이걸 어쩐다…….

당장 이틀 뒤가 북일고와의 봉황대기 첫 경기다.

그 전에 수를 내야 해.

마무리 훈련을 마친 선수들이 해산하고, 진우는 시환에게 넌지시 말을 건넸다.

"잠깐 이야기 좀 할까?"

"어? 나? 그럴까?"

무표정한 진우를 보고 지레 겁을 먹은 듯한 시환이었다.

선수들이 들뜬 마음으로 집에 돌아간 뒤.

텅 빈 운동장을 바라보며 진우와 시환은 스탠드에 나란히 앉았다.

해가 져도 더운 8월이었다.

야간 자율 학습이 시작됐는지 등 뒤로 교실이 환했다.

진우가 천천히 운을 뗐다.

"시환아, 만약에 네가 야구를 영영 못하게 되면 어떨 것 같냐?"

내막을 다 알고 있는 듯한 진우의 말에 시환은 입만 벙긋거리곤 대답을 내놓지 못했다.

시환을 향해 고개를 돌린 진우가 말을 이었다.

"돈을 벌고 싶으면 사업을 하는 게 가장 빠르겠지. 명예를 얻으려면, 권력을 얻으려면 가야 할 길이 또 다를 거고. 근데 야구는 뭐냐?"

쉽지 않은 질문에 시환이 눈을 내리깔고 천천히 고개를 틀었다.

진우가 시환의 턱을 잡아 바로 돌렸다.

"강시환, 야구 더럽히지 마라. 혹시나 더럽히려는 놈이 있으면 가서 때려눕혀도 모자랄 판에! 나이가 어리다고, 상황이 어떻다고 하는 거 다 핑계야. 네가 나한테 먼저 얘기 안 하면, 이 시간 이후로 너랑 나는 적이야."

생전 처음 보는 진우의 불타는 듯한 눈길에 시환의 눈은 방향을 잃고 허둥댔다.

시환은 시선을 피하며 한참이나 말이 없었다.

침묵이 계속되자, 진우가 자리를 떨치고 일어날 때였다.

"자, 잠깐만! 진우야, 얘기할게. 다 얘기할게. 으흐흑."

엉겁결에 일어난 시환이 진우의 유니폼 바지 자락을 붙잡았다.

다음 날, 서울의 한 카페.

교복 차림의 진우는 시계를 들여다보며 입구를 향해 시선을 뒀다.

할 수 있는 건 다 해 봐야 해.

급작스럽게 연락을 하긴 했는데…….

아랫입술을 깨문 진우가 생각을 정리하던 그때, 손목시계가 약속 시간인 정오를 가리켰다.

달칵-

카페에 들어선 것은 190센티미터가 넘는 장신. 한 성격 하는 얼굴을 장착한 두목님, 최고석이었다.

진우가 자리에서 일어나 꾸벅 인사를 건넸다.

"갑자기 죄송해요. 시간 내 주셔서 감사합니다."

"아뇨, 아뇨. 대충 얘기 들어 보니 그럴 만하던데요. 어떻게, 다른 분들은……."

"말씀 편하게 해 주세요. 다들 곧 오실 겁니다."

최고석이 자리에 앉으려 할 때, 카페 문이 열리면서 두 사람이 들어섰다.

진우가 앞장서 공손하게 인사를 건넸다.

"시간 내 주셔서 감사합니다. 처음 뵙겠습니다."

밝은 얼굴로 진우의 악수를 먼저 받은 건 레드 트윈스 양상웅 코치였다.

그리고 뒤이어 진우와 악수를 나누는 사람은 정장이 잘 어울리는 서양인이었다.

"미스터 윤! 일본에서 오전 비행기를 타고 들어왔어요. 이 세상에서 보라스를 반나절 만에 소환할 수 있는 사람은 미스터 윤밖에 없을 거요. 하하하하."

"감사합니다. 신세를 지게 됐습니다."

진우의 소개로 서로 통성명이 끝난 뒤, 각자 음료를 앞에 두고 둘러앉은 4명의 사내들은 카페 내 이목을 사로잡았다.

연예인 지망생이라고 해도 믿을 만큼 훤칠한 고등학생.

폭력배 못지않은 거구의 남성.

그리고 얼핏 대학교수처럼 보이는 중년 사내에, 건장한 외국인까지.

진우는 다시 한 번 허리 숙여 인사를 한 뒤에야 본론을 꺼냈다.

"지금부터 말씀드릴 이야기는 제 개인적인 부탁이면서, 동시에 야구를 사랑하는 선배님들의 역할을 여쭙고자 하는 부분입니다."

진우는 한국어가 서툰 보라스가 대화를 따라올 수 있도록 확인하면서, 또박또박 말을 이었다.

"봉황대기 전국대회에서 승부 조작이 터질 겁니다. 현재 파악된 부분은 저희 인천고 선수 3명이 선수금을 받았고, 그중 한 명에게 진술을 확보했다는 것. 그리고 인천고뿐만 아니라 다수의 고교 팀이 개입됐다는 정도입니다."

간밤에 간단하게 핵심을 전해 들었던 부분이기에 새로울 것은 없었다.

다만 얼굴을 마주 보고 듣고 나니 사태의 심각성이 느껴졌는지, 3명의 표정이 진지해졌다.

진우가 말을 이었다.

"제가 제안하고 싶은 방식은 이렇습니다. 먼저 양상웅 코치님께선 협회 차원에서 조사에 착수해 주시는 겁니다. 최 팀장님께선 스카우트망을 통해 전국의 고교 팀에 접촉한 브로커를 물색해 보실 수 있지 않을까 싶고요. 그리고 보라스는."

진우가 말을 끊자, 보라스가 잘 이해하고 있다는 듯 고개를 끄덕였다.

"어떤 이유로든, 누군가 고교 팀에 브로커를 투입했을 만한 정황을 포착해 주세요. 단순히 소액 도박을 목적으로 접근했다고 보기엔 판이 너무 커요."

보라스가 흥미롭다는 듯 되풀었다.

"동료 선수에게 진술을 들었다고 했죠? 얼마를 받기로 한 겁니까?"

"선수금 5백, 조작이 계획대로 됐을 때 다시 5백이라고 했습니다. 선수 한 명당 약 5천 달러입니다. 심지어 이 선수는 투수가 아닌 타자고요."

구체적인 액수가 공개되자, 보라스뿐만 아니라 양상웅과 최고석도 뜨악한 얼굴을 감추지 못했다.

잘 가다듬은 턱수염을 쓸어 보던 보라스가 입을 열었다.

"타자에게 1만 달러라. 확실히 프로에서도 찾기 힘든 케이스군요. 흠……."

진우의 말이 끝나자 3명이서 대화를 나누기도 했지만, 뭔가 뜸을 들이는 폼이 역시 서로를 경계하고 있는 티가 났다.

그러자 진우가 입을 열었다.

"내년부터 고교 선수들도 에이전트를 고용할 수 있게 된다는 거, 다들 알고 계실 겁니다. 저는 스캇 보라스와 에이전트 계약을 맺겠습니다. 국내외 어떤 구단이든 계약에 앞서 보라스를 거쳐야 할 겁니다."

진우의 폭탄선언에 최고석이 침을 꿀꺽 삼켰고, 양상웅이 안경을 치켜 올렸다.

내심 대가를 기다리고 있던 보라스는 의미심장한 웃음을 띠었다가 금세 지웠다.

"미스터 윤의 현명한 결정에 박수를 보냅니다. 당장 내일이 봉항… 대회 시작이죠? 미스터 윤의 제안을 포함해, 최고의 법무팀을 꾸려 특별 조사를 시작하겠습니다."

보라스가 당당한 어조로 확답을 꺼내자, 양상웅이 바로 뒤를 이었다.

"KBO, KBA 차원에서 최대한 빠르게 조사에 들어갈 수 있도록 약속하지."

최고석은 아예 주머니에서 전화기를 꺼내며 대답했다.

"내가 스카우트들 꽉 잡고 있다고. 걱정 마. 기자들까지 총동원해서 우리가 먼저 잡아낼 테니까, 딱 기다려."

진우의 폭탄선언으로, 보라스가 우위에 서게 된 상황.

진우 영입에 적잖이 공을 들이고 있던 양상웅과 최고석은 곧바로 반응할 수밖에 없었다.

자리에서 일어난 진우가 허리를 깊게 숙였다.

"시간 내 주셔서 다시 한 번 감사드립니다. 브로커를 잡으려면 조용하고 빠르게 진행돼야 하지 않을까 싶어요. 아무쪼록 부탁드리겠습니다."

전날 밤, 시환에게 속사정을 전해 들은 진우는 치밀어 오르는 화를 주체하기 힘들 정도였다.

"우리 할머니… 할머니가 쓰러지셔서 급하게 병원비가 필요했거든. 어디 도움 청할 데도 없고, 당장 뭘 해야 할지 아무것도 모르겠고. 몇천만 원 하는 수술비 때문에 울고만 있는데, 그 사람이 찾아왔어."

울먹이는 시환이 털어놓은 이야기는 이랬다.

폭염 경보에도 폐지를 주우러 다니던 할머니가 쓰러졌고, 다행히 인근 주민의 도움으로 응급실에 들어갔다.

하지만 단순히 더위로 쓰러진 게 아니었다.

뇌출혈로 인한 뇌경색이 발견되어 수술을 해야 하는데, 치료비 없이 수술에 들어갈 수 없는 상황이었던 것.

어쩔 줄 몰라 발만 구르고 있던 시환에게 모르는 번호로 전화가 왔다.

시환을 불러낸 브로커가 위로의 말과 함께 선뜻 거금을 건넸다는 거다.

"그래서 지금 할머니는 어떠신데. 수술하셨어?"

"급한 대로 큰 수술은 마쳤고, 중환자실에 계셔. 아직 의식은 없으시고……."

"하… 그래서 요즘 표정이 안 좋았구나."

"잘못하는 거 알면서도, 일단 할머니부터 살리고 보자 싶었어. 고등학생이라 불법 대출도 안 되더라. 하다못해 장기라도 팔까 했는데, 시간이 너무 촉박해서……."

강시환은 눈물, 콧물을 닦느라 말을 제대로 잇지 못했다.

끅끅거리면서도 최대한 또박또박 상황을 전하는 시환을 보며 진우도 눈시울이 시큰해졌다.

진우가 소리쳤다.

"바보냐! 왜 나나 감독님한테 먼저 얘기 안 했어? 일단 살리고 보자 싶었다면서. 브로커가 안 찾아왔으면, 그럼 어쩔 생각이었냐고?"

시환은 하도 울어서 나올 눈물도 없는지 숨만 꺽꺽거리면서 답했다.

"새로 받은 빨간 야구화 끌어안고 며칠 밤을 울었어. 너무 고마운데, 다들 잘돼 가고 있는데. 왜 나는 자꾸 이렇게······. 한두 푼도 아니고, 그걸 어떻게 말하겠어."

진우는 더 말할 것 없다는 듯 시환을 앞장세웠다.

"일단 할머니 계신 병원으로 가자. 할머니 상황이 어떤지 확실하게 알아야겠어. 네 이야기는 그다음에 정리하자."

눈물 번진 얼굴로 시환이 비척비척 일어섰다.

진우가 가만히 시환의 어깨를 감싸 쥐었다.

"혼자 애썼다. 이제 같이 해결하자."

멀지 않은 병원으로 향하는 동안, 진우는 아버지 윤 감독에게 전화를 넣었다.

윤 감독과 함께 병원에서 만난 셋은 시환의 할머니가 입원한 중환자실로 향했다.

수간호사에게 정확한 진단을 들을 수 있었다.

"통증 반응만 있는 세미 코마 상태예요. 좀 더 지켜보다가 경과가 안 좋으면 2차 개두 수술이 있을 수 있고요. 원래 뇌경색이라는 게 고령 환자한텐 한 번만 오고 끝나는 게 아니거든요. 이제부터가 중요해요."

진우와 시환을 데리고 대기실로 나온 윤 감독은 그제야 브로커에 대한 설명을 전해 듣고 마른세수를 했다.

"시환아, 감독이 돼서 먼저 다가가지 못해 미안하다. 어떤 이유로든 잘못된 선택인 건 분명해. 하지만 그 전에 다른 길을 선택할 수 있게 도왔어야 하는데, 미안하다."

"아닙니다. 감독님이 미안하실 게……."

"아냐. 적어도 장기를 파는 것보다 먼저 도움을 청할 수 있을 만한 감독이 됐어야 하는 게 맞다. 어떻게 세상이……."

말을 멈춘 윤 감독은 고개를 떨구더니 자리에서 일어났다.

"힘들겠지만 일단 들어가자. 오늘은 진우랑 같이 자는 게 어떠냐?"

"예?"

"그렇게 해. 이럴 때일수록 너부터 몸 챙기고, 정신 똑바로 차려야 된다고. 가자."

수간호사에게 연락처와 당부의 말을 남긴 윤 감독은 둘을 데리고 집으로 돌아갔다.

다음 날.

봉황대기를 하루 앞두고 운동장에 집합한 인천고 선수단은 긴장 반, 설렘 반으로 열띤 얼굴이었다.

선수들을 모은 윤 감독이 무거운 목소리로 운을 뗐다.

"미안하다."

윤 감독의 뜬금없는 사과에 선수들이 어리둥절한 표정을 지었다.

선수들이 옆에 선 동료들의 눈치를 살피고 있자, 윤 감독이 말을 이었다.

"그동안 너희를 좋은 선수로 키우려고 애썼는데, 놓치고 있는 부분이 있었어. 감독으로서 사과한다. 진심으로 미안하다."

영문을 모르는 선수들은 눈만 끔뻑거리며 윤 감독의 말을 기다렸다.

"다만 너희에게, 그동안 우리가 해 왔던 야구를 존중하는 마음이 조금이라도 있다면, 부탁한다. 배달원을 만났던 사람은 지금 앞으로 나와라."

배달원은 브로커를 속칭하는 말이었다. 선수들 사이에 선 모르는 사람이 없는 단어였다.

전국대회를 하루 앞둔 집합에서 윤 감독이 뜻밖의 말을

이어 가자 선수단이 술렁였다.

"배달원? 우리 학교에?"

"감독님께서 저렇게 말씀하실 정도면 분명 뭔가 있었던 건데."

입에 힘을 꾹 준 강시환이 참담한 표정으로 앞으로 나서자, 윤 감독이 말을 이었다.

"자진해서 나오지 않으면 다시는 우리와 함께 야구를 할 수 없다. 용기 내 줘서 고맙다, 시환아. 자, 열을 세겠다."

윤 감독은 다섯을 남기고부터 오른손을 들어 손가락을 하나씩 접어 들어갔다.

"여섯, 일곱."

일정한 속도로 숫자가 늘어가는 동안, 곳곳에서 침을 삼키는 소리가 들려왔다.

"여덟, 아홉······."

지익.

더 이상 분위기를 견디지 못하겠는지 고개를 푹 숙인 2명이 동료들을 헤치고 앞에 나섰다.

"열."

시환의 양옆에 나란히 선 2명은 뒷짐을 진 채 고개를 푹 숙이고 있었다.

윤 감독은 다행히 2명 모두 자진해서 나오자 내심 안도하면서도, 굳은 목소리로 입을 열었다.

"다른 선수들은 코칭스태프 지도 따라서 훈련 시작하자. 너희는 따라오고."

윤 감독을 따라 감독실로 이동한 3명의 선수들은 예상 밖의 인물을 발견하고 멈칫했다.

오전 일찍 울려 대는 전화기를 들여다본 김아린은 반색을 하며 전화를 받았다.

"어머, 윤진우 선수? 안녕하세요?"

(예. 기자님, 안녕하세요. 아침 일찍 죄송합니다.)

"별말씀을요. 안 그래도 내일 경기 기대하고 있었는데, 먼저 연락을 다 주고. 어쩐 일이에요? 혹시 사적인 연락인가요? 호호호."

분위기를 띄워 보려는 아린의 농담에도 진우는 일정한 톤으로 말을 전했다.

(좋은 소식이 아니라서 죄송합니다. 기자님께는 괜찮은 소식일 수도 있겠습니다만…….)

어느새 리포터보단 기자의 역할에 익숙해진 김아린이었다.

본능적으로 진우의 말에 구미가 당겼다.

간략한 내용을 전해 들은 김아린은 커다래진 눈으로 빠르게 메모를 이어 갔다.

"그럼요. 가능하죠. 바로 갈게요."

(아마 저는 그 자리에 없을 겁니다. 윤 감독님께도 말씀 드려 놓은 부분이니까, 부탁드리겠습니다.)

"부탁은요. 저희가 감사하죠. 믿고 연락해 줘서 정말 고마워요. 진행되는 대로 연락할게요."

카페를 나선 양상웅이 가장 먼저 향한 곳은 KBO 협회 사무실이었다.

선수 시절 기교파 투수로 활약했던 양상웅.

현역 시절, 운동이 아닌 공부 실력으로 명문대 대학원 석사 과정을 패스했다.

은퇴 이후 투수 코치, 감독, 인스트럭터, 국가대표팀 수석 코치, 해설위원 등 광폭 행보를 보이며 독보적인 지도력을 쌓는 중이었다.

'브로커도 브로커지만, 아무리 봐도 진우 그 녀석은……. 열일곱 살이면 시키는 것도 땡깡 부리면서 걷어찰 나이인데, 보라스까지 쥐락펴락하고 있다니. 허 참.'

레드 트윈스 모기업의 계열사 회장이었던 구본영 KBO 총재.

그는 양상웅을 차기 감독으로 내정했다고 공공연히 말

하고 다닐 정도로 그에게 강한 신뢰를 보내고 있었다.

그만큼 양상웅의 행보가 믿을 만했던 덕분이기도 했다.

문 앞에서 고개를 절레절레 젓던 양상웅이 노크를 했다.

"총재님, 양상웅입니다."

"30분도 안 걸렸네요? 앉아요, 앉아. 더위에 선수단 지도하느라 고생이 많아요. 그래, 좋은 소식이오? 나쁜 소식이오?"

반가운 기색의 구본영에게 양상웅은 작정한 듯 말을 쏟아 냈다.

"총재님, 부족한 절 좋게 봐 주시고, 어려울 때 연락하라고 하신 말씀 감사히 새기고 있었습니다. 오늘 그 찬스 한 번 쓰겠습니다."

스캇 보라스 코퍼레이션의 사무실은 미국 캘리포니아에 있었다.

하지만 최근 들어 아시아 방문이 잦았던 보라스는 내친김에 강남에 사무실을 계약했다.

아시아 지부 센터로 명명한 강남 사무실.

보라스는 곧바로 센터장을 불렀다.

"제이슨, 한국에서 가장 영향력 있는 로펌이 어디죠?"

"김앤박 법무법인이라고 알고 있어요. 그건 왜 물으시죠?"

"바로 연락해서 미팅 잡아 줘요. 그리고 캘리포니아 현지에 있는 내 담당 변호사도 가장 빠른 비행기로 올 수 있게 연락 넣어 주고요. 자세한 건 그다음에 이야기할게요."

"오케이."

달갑잖은 사안이었지만, 보라스는 이례적으로 직접 손을 쓰며 빠르게 움직이기로 했다.

"볼수록 매력 있단 말이지. 심심하던 차에 잘됐어. 모름지기 남자가 그 정도 박력은 있어야지. 하하하."

카페에서 내로라하는 3명의 위인들을 꼼짝 못하게 다루던 진우였다.

그 모습을 떠올리면서 보라스는 시원하게 웃음을 터뜨렸다.

바쁘게 전화를 걸던 제이슨은 느닷없는 보라스의 웃음에 고개를 갸웃하면서도 정확하게 지시를 이행해 갔다.

"예스. 오늘 일정을 취소하더라도 가능한 한 빠른 시간으로 잡아 주세요. 금액은 보상하겠습니다."

전국의 스카우트팀은 대동소이한 차이가 있었다.

고교 및 대학 선수들의 영입 총괄을 맡는 운영팀장 혹은 부장, 실무 및 육성을 담당하는 차장 등을 두고 팀마다 적게는 두세 명, 많게는 10명까지도 편차가 존재했다.

드래곤즈 스카우트 팀장 최고석은 먼저 구단 직원들에게 방침을 전했다.

그리고 나머지 7개 구단 스카우트 팀장에게 전화를 돌렸다.

"김 형, 나 최고석이오. 소식 들었소? 고교 리그에 배달원들이 설쳐 대서 수사가 들어갈 모양이오. 혹시나 미심쩍은 거 보이면 나한테 바로 연락 주쇼. 당장 생각나는 거 뭐 없어요?"

하지만 통화는 별 소득 없이 끝났다.

"씨팔, 거 어떤 새낀지 잡히기만 해 봐라. 기껏 잘돼 가고 있었는데 초를 치려고 들어?"

최고석은 자신의 연고지인 인천에서 일이 시작됐다는 게 영 불편했다.

진동준은 동요하는 선수들을 다독이며 훈련을 이끌었다.

"감독님께서 다 생각이 있으실 거다. 딴생각하지 말고 집중해. 그러고 보니 진우가 안 보이네? 현석아, 진우 못 봤냐?"

심란한 얼굴로 공을 던지는 둥 마는 둥 하고 있던 현석은 고개를 저었다.

"글쎄요. 갑자기 이게 무슨 일이래요? 이러다 전국체전처럼 봉황대기 출전권도 박탈당하는 거 아니에요?"

현석이 걱정스레 말을 꺼내자, 당장 프로 진출이 걸려 있는 동준이 얼굴을 굳혔다.

"지켜보자고. 뭔가 바쁘게 돌아가는 것 같으니까, 우린 당장 훈련에만 집중하자."

말은 그렇게 했지만, 제일 심란한 건 동준이었다.

'봉황기 끝나면 2차 드래프트라고. 이게 마지막 대회나 마찬가지인데, 도대체 무슨 일이 벌어지는 거냐……'

늦게나마 누구 못지않게 열과 성을 다해 훈련해 온 진동준이었다.

그리고 동료 선수들 역시 굵은 땀을 흘려 왔다는 걸 잘 알기에, 마음 한구석에서 분노가 치밀기도 했다.

'시환이야 집안 어렵다는 건 대충 들었었는데, 다른 놈들은 대체 왜 그런 짓을 한 거냐고! 그깟 돈 때문에?'

얼마 전까지만 해도 돈 하면 진동준, 진동준 하면 돈이라는 수식어가 따라다녔다.

그래서 괜히 뜨끔하기도 했지만, 이내 고개를 세차게 저었다.

"잘못된 건 바꿀 수 있는 거라고."

"응? 뭐라 캤노?"

옆을 지나던 채 코치가 되물었다.

"아무것도 아닙니다. 자, 다들 집중해서 스퍼트 올리자! 악!"

동준은 목소리를 높여 파이팅을 외쳤다.

"악! 악!"

작전 코치를 맡고 있는 채정민은 윤 감독에게 지시받은 북일고전 수비 포맷과 변칙 작전 등을 선수들에게 지도했다.

"이거는 옵션 같은 기다, 옵션. 지금 너그들 전력이면 기본기만 잘 가져가도 충분이 이긴다. 사인 잘 숙지하고!"

"예에!"

한편, 투코 이승후는 고민이 커졌다.

류현석과 진동준 원투펀치에 이어 최은강과 함께 눈여겨보던 오태구.

오태구를 제외시키고 다른 투수를 끌어 올려야 했기 때문이었다.

이승후의 선택은 2학년 김명수였다.

176센티미터의 비교적 작은 체구를 가진 우완 정통파 투수.

체구에 비해 강한 악력과 안정적인 투구 밸런스로, 제법 볼 끝이 좋은 편이었다.

이승후는 직접 김명수의 공을 받으며 로케이션을 점검했다.

"명수 너는 다른 거 필요 없응게, 패스트볼 체인지업 투피치로 가는 거여. 돌직구가 뭔지 알제? 너 긁힐 때 뽈이 돌직구여. 자신감 있게 꽂아 부러."

타코 안치효는 부쩍 펀치력이 좋아진 김세완의 자세를 가다듬느라 바빴다.

"체중 뒤에 두고 돌리는 것은 이제 된 것 같고. 무릎 모으고. 그렇지!"

곳곳에서 실전 같은 훈련이 이어졌다.

더운 날씨 탓에 한 시간 훈련, 30분 휴식이 반복됐다.

선수들은 일부러 더 훈련에 매진했지만, 확실히 분위기가 전 같지 않았다.

휴식 시간이 될 때마다 물을 마시거나 땀을 식히는 동안에도, 선수들은 눈치만 볼 뿐 말을 아꼈다.

현석도 마찬가지였다.

'다들 여태 고생한 게 물거품이 될까 봐 걱정이겠지. 윤진우 이 자식은 대체 어딜 간 거야?'

내심 불안한 마음에 모두가 진우를 기다렸다.

그런데 운동장에 먼저 나타난 것은 윤 감독이었다.

그리고 김아린과 카메라맨들, 훈련에서 빠진 3명의 선수가 뒤를 이었다.

윤 감독과 인사를 나눈 김아린 일행이 자리를 뜨자, 선수단은 자연스럽게 집합해 섰다.

윤 감독은 3명의 선수들을 옆에 세운 채 입을 열었다.

"죄를 지었으면 벌을 받는 게 맞다. 그리고 죄를 지을 수밖에 없었던 선수들을 들여다보는 것 역시 필요하고. 앞으로 그 2개의 과정이 숨김없이 알려질 거다. 판단은 여러분 스스로 할 수 있도록. 자, 한마디씩 해."

윤 감독의 손짓에 따라 강시환이 가장 먼저 앞으로 나섰다.

진즉에 말라 버린 눈물 대신 통통 부운 눈이 시환의 심정을 말해 주는 듯했다.

천천히 허리를 숙여 동료 선수들에게 인사를 한 시환은 또박또박 말을 이었다.

"어떤 이유로든 해선 안 될 짓을 저질렀어요. 벌은 달게 받겠지만, 함께 믿고 달려와 준 여러분께 드린 실망은 평생 뉘우치고 살겠습니다. 죄송하고… 죄송합니다."

시환은 동료들에게 할머니 이야기를 꺼내지 않았다.

지난 밤.

시환은 진우의 작은 방에 나란히 누워 많은 대화를 나눴다.

"나도 네 상황이었으면 적잖이 당황스럽고 놀랐을 거야. 근데 미안하다는 이유로, 나나 감독님께 먼저 말하지 않고 브로커 돈을 받은 건 네 선택이야."

"급하게 돈이 필요한 걸 어떻게 알았는지, 귀신같이 찾아왔다 보니까. 뒷일은 모르겠고, 그냥 덜컥 받고 보자 싶었어. 너한테 자꾸 신세지는 게 미안해서……."

"할머니가 나으셨다고 해도, 네가 영영 야구를 못하게

됐다고 하면. 그 대가로 살아나셨다는 걸 할머니가 아시게 되면 어떻겠어?"

진우의 방에서 나란히 누운 채, 말문이 막힌 시환은 불 꺼진 천장을 바라봤다.

그리고 천천히 말을 이었다.

"새벽에 우유나 신문 돌리다 보면 있지. 종종 집 안에서 달그락거리는 소리가 들려. 밥을 차리거나 먹는 소리 말이야. 그럼 나는 멈칫했다가, 다시 바쁘게 움직이면서 상상하게 돼. 나도 엄마가 차려 주는, 우리 엄마가……."

목이 메는지 말을 한 번 끊고 침을 삼킨 시환이 마른 입술을 뗐다.

"한 번만이라도, 엄마가 차려 주는 밥 먹고 싶다고. 다른 애들처럼 잠 덜 깬 아침부터 고깃국, 고기반찬에 투정 한 번 부려 보고 싶다고. 맨날 급식 시간에 허겁지겁……. 으흐흑."

말을 잇던 시환은 갈라진 목소리로 꺽꺽거리며 엎드려 울기 시작했다.

"나도, 끄흑. 야구 열심히 하고 싶었는데. 진짜로, 열심히 하고 있었는데."

진우는 시환을 섣불리 위로하지 못했다.

먼저 신경 쓰지 못했다는 죄책감에 마음이 무거웠다.

그저 들썩이는 시환의 등에 가만히 손을 얹을 뿐이었다.

한발 늦었지만, 이제부터 내가 어떻게든 도울게.

어느 새끼인지, 내가 잡아 와서 네 앞에 무릎 꿇게 해 줄게.

시환의 등 위에서 진우의 손도 부들부들 떨리고 있었다.

선수들 앞에서 시환의 사과가 끝나자, 앞으로 나선 것은 2학년 오태구였다.

오태구는 평소와 달리 진중한 말투로 운을 뗐다.

"조금만 협조하면 큰돈을 벌 수 있다고 했어요. 주전급 선수들은 접근하기가 쉽지 않으니까, 발판을 좀 놓아 달라고도 했고요. 좋아하는 만화책을 다 살 수 있다는 생각에 덜컥 받아 버렸어요. 진심으로 죄송합니다."

강시환에 이어 오태구의 솔직한 고백이 이어지자, 선수단 일동은 착잡한 표정으로 잠자코 다음 사람을 기다렸다.

마지막으로 앞으로 나선 것은 3학년 박태균이었다.

박태균을 보며 가장 표정을 일그러뜨린 것은 진동준이었다.

'네가 어떻게……. 3년 동안 내 공을 받아 온 네가.'

경제적으로 아쉬움을 느낀 적이 없었던 동준으로선 박태균이 어떤 말을 해도 받아들일 수 없을 것 같았다.

박태균은 더듬거리며 입을 열었다.

"솔직히 프로 지명을 받지 못할 게 뻔하다 보니까, 돈이라도 받고 끝내자는 생각이었어요. 면목이 없습니다. 죄송합니다."

커다란 덩치를 움츠리며 처참한 표정을 짓는 박태균이었다.

일부 선수들은 어느 정도 공감은 간다는 듯 고개를 끄덕이기도 했다.

하지만 그동안의 달라진 팀 분위기 역시 잘 알고 있었기에 단호한 표정은 바뀌지 않았다.

윤 감독이 상황을 정리하고 나섰다.

"사람이 살다 보면 실수할 수 있다. 그런데 그 사람 입장에서 실수인 거지, 타인이 보기에 잘못이라면 그 대가를 치러야 하는 게 맞다. 앞으로 이번 사건에 대한 대가가 어떻게 나올지는 나도 모른다."

선수들은 고개를 푹 숙인 3명과 윤 감독을 번갈아 쳐다봤다.

윤 감독이 말을 이었다.

"분명한 것은. 잘잘못이 분명히 가려질 거고, 동시에 이 선수들이 그렇게 할 수밖에 없었던 어려운 상황을 해결하기 위해 노력할 거라는 점이다. 오늘 훈련 마무리하고 들어가자. 내일 늦지 말고."

"예!"

윤 감독은 내일 선발로 내정된 류현석을 남겨 놓고 선수단을 해산시켰다.

강시환을 포함한 3명의 선수들은 윤 감독의 지시대로 곧바로 집에 돌아갔다.

오후 늦게야 서울에서 돌아온 진우는 감독실을 찾았다.

"다녀왔습니다. 김 기자님 다녀갔나요?"

"그래, 이야기한 대로 잘 진행하고 가셨다. 서울에선 어땠냐?"

진우를 반기는 현석과 인사를 나눈 진우가 고개를 끄덕였다.

"예, 일단 계획대로 진행될 것 같아요. 따로 연락 온 곳은 없었나요?"

"아직은. 김 기자님이 연락 기다리겠다고 하더라."

"알겠습니다. 일단 라인업을 좀 생각해 봤는데요."

윤 감독과 코칭스태프는 강시환을 포함한 3명이 빠진 라인업에 대해 진우와 함께 수정에 들어갔다.

선수별 능력을 고려한 진우의 의견에 모두가 동의했고, 3명을 제외한 채 가동할 수 있는 최상의 라인업을 짜낸 뒤에야 집으로 돌아갔다.

그렇게 해가 저물 때쯤.

장비를 착용하고 운동장에 나온 진우는 현석에게 공을 던져 줬다.

"그래도 내일이 시합인데, 호흡 한번 맞추고 가야지. 기다리게 해서 미안하다."

그 말만 기다리고 있던 현석은 씨익 웃으며 자세를 잡았다.

"하루 종일 심란해서 혼났다, 야. 이제 좀 시원하게 던져 보자. 흡!"

슈아아악-

뻐억!

진우는 공을 쥔 미트를 한참이나 응시했다.

그냥 딱 이건데.

이렇게 공 던지고, 받고, 때리고.

그게 좋아서 하는 건데.

왜 그런 선수들을 괴롭히는 거냐고!

왜 어른들이 애들한테 나쁜 선택을 하게 만드냐고!

퍽!

간밤에 흐느끼던 시환이 생각나자 저절로 어깨에 힘이 들어갔는지 공을 건네받은 현석이 깜짝 놀랐다.

"어우, 깜짝이야. 살살 합시다! 나는 포수 미트 아니라고!"

현석의 엄살에 빙긋 웃어 보인 진우가 주먹으로 미트를 팡팡 쳤다.

"스트레스 좀 풀고 들어가자. 와 봐!"

그렇게 진우와 현석은 해가 질 때까지 공을 주거니 받거니 했다.

심란한 마음이 풀릴 때까지, 둘은 점점 구속을 끌어 올리며 악을 쓰기도 했다.

하지만 어두운 스탠드 계단에서 그 모습을 지켜보는 사람이 있다는 건 눈치채지 못했다.

다음 날, 승의 야구장.

인천고와 북일고 선수들이 경기를 앞두고 몸 풀기에 한창이었다.

청룡기 이후 두 달 만에 열리는 전국대회.

반가운 얼굴들을 구장 곳곳에서 볼 수 있었다.

특히 인천고에 적잖이 관심을 갖고 있던 메이저 스카우트들도 대거 출동해 있었다.

김아린은 낯익은 스카우트들과 가벼운 인사를 나눈 뒤, 최고석 옆에 자리를 잡았다.

"두목님, 오랜만에 뵈네요. 별일 없으셨어요?"

"김 기자, 오랜만이오. 맨날 똑같지, 뭐."

김아린과 최고석은 짐짓 승부 조작 사건에 대해 아는 바가 없는 것처럼 먼저 이야기를 꺼내지 않았다.

하지만 눈치 빠른 김아린은 평소와 다른 스카우트들의 분위기를 감지하고 슬쩍 운을 뗐다.

"가뜩이나 무서운 얼굴이신데, 그렇게 찡그리고 계시면 없던 일도 생기겠어요. 어머, 다른 분들도 다 그러시네요? 누가 보면 나쁜 놈 잡으러 온 형사들인 줄 알겠어요."

그러자 흠칫 놀란 최고석이 두툼한 손으로 김아린의 입을 덥석 막았다.

"어허! 이 사람이."

주변을 둘러보고서야 손을 뗀 최고석이 말을 이었다.

"어디서 무슨 얘길 들었는지 몰라도, 당분간 내색 않는 게 좋을 거요. 상황 봐서 서로 협조할 부분 있으면 나도 숨기진 않을 테니까."

"역시 대충 이야기가 돌긴 했나 보네요. 알겠어요. 저희도 나름 준비 중인 게 있거든요."

김아린이 만족한 얼굴로 눈을 찡긋해 보였다.

그러자 최고석은 마지못한 표정으로 운동장을 향해 시선을 옮겼다.

진우는 북일고의 선발 투수 장필훈의 프로필을 살피다가

반가운 얼굴을 발견했다.

한쪽에서 몸을 풀고 있는 1학년 신정학이었다.

진우와 동갑이었지만, 대학 졸업 후 입단하다 보니 진우를 선배로 대했던 신정학.

진우가 아무리 손사래를 쳐도 깍듯이 대하는 통에 두 손, 두 발 들어 버린 케이스였다.

정학이가 슬라이더 하나는 국내 최고였지.

한때 마구라고 불릴 정도로, 말도 안 되는 궤적을 그리며 휘어지는 슬라이더가 신정학의 전매특허였다.

진우의 결정구인 Y슬라이더 그립을 적당히 변형시켜 전수해 준 구질이었다.

커브의 낙폭과 슬라이더의 구속을 가진 강력한 위닝샷이었다.

그걸 구사하기 위해 겨우내 끔찍한 악력 훈련을 함께했던 기억이 떠오르자, 진우가 피식 웃었다.

다시 좋은 자리에서 만날 때가 오겠지.

그때, 전광판에 라인업이 올라갔다.

인천고	북일고
P 류현석	P 장필훈
1 CF 국해진	1 SS 이정진
2 LF 나요한	2 CF 박건묵

3 1B 김세완	3 DH 장필훈
4 C 윤진우	4 1B 염석중
5 DH 류현석	5 DH 이성호
6 3B 김태우	6 RF 홍성진
7 RF 최찬동	7 LF 장시헌
8 SS 박찬민	8 3B 신경혁
9 2B 박윤수	9 2B 정은조

북일고 선발 2학년 장필훈은 190센티미터의 장신에서 뿜어져 나오는 속구가 위력적인 투수였다.

하지만 냉정하게 말해 장필훈을 제외하면 딱히 주의할 만한 선수가 없었다.

지금 인천고는 버프 적용되면 팀 랭크가 A+까지 올라간다.

북일고는 기껏해야 B고.

오래 끌 것 없겠는데?

경기가 시작되기 직전.

윤 감독과 진동준의 격려가 있은 뒤, 진우가 선수들에게 전했다.

"우리 그동안 훈련했던 거, 시원하게 보여 주자고요. 다른 거 신경 쓰지 말고 집중력 있게 갑니다. 가자! 악!"

"악! 악! 악!"

인천고의 외침이 날카롭게 경기장 곳곳으로 퍼져 나갔다.

1회 초.

북일고의 선공을 맞아, 류현석은 망설임 없이 150km/h대의 공을 뿌려 댔다.

슈아아악-

빠아악!

"스트라이익!"

진우는 새삼 전국대회에서 현석의 속구를 받자, 그간의 훈련 성과가 그대로 드러나고 있음을 느꼈다.

"나이스 볼!"

제구도 많이 좋아졌고, 회전수도 만만찮아.

현석이를 필승 카드로 쓰려면 어깨를 아껴 둬야겠어.

내심 선발 한 자리에 넣어 보려던 오태구가 빠진 상황이었다.

자연스레 현석을 조금 더 아껴 써야 할 필요가 생긴 것이었다.

이렇다 할 타자가 없었던 북일고는 류현석의 춤추는 듯한 구위 앞에서 삼자범퇴로 물러났다.

10분도 채 되지 않아 끝난 1회 초 북일고의 공격.

하지만 1회 말 인천고의 공격은 좀처럼 끝나질 않았다.

우투 장필훈을 맞아, 선두 타자 국해진이 가볍게 우전 안타로 출루.

나요한-김세완으로 이어지는 좌타 라인이 불을 뿜었다.

따악!

딱!

"그렇지! 잘한다, 김세완!"

김세완의 타구는 담장을 직접 때리는 라인 드라이브였다.

하지만 오히려 타구가 너무 빨라 1루타가 되면서, 무사에 주자가 만루가 됐다.

그리고 타석에 진우가 들어섰다.

인천고 더그아웃과 관중석이 들썩였다.

"만- 루 홈런! 만- 루 홈런!"

"가자, 가자! 찢어 버려!"

진우는 그동안 위너스전과 드래곤즈전을 통해 동료 선수들이 부쩍 성장한 것을 피부로 느꼈다.

체급이 확 올라간 느낌인데?

시환이가 빠진 게 아쉽지만…….

진우는 자신의 프로필을 열어 살폈다.

[인천고 / 랭크 A+]

- 윤진우 ↑ / 랭크 S+ (183cm, 85kg. 우투좌타)
- 선호 포지션 : 포수C
- 선호 타선 : 클린업
- 칭호 : 캡틴

■ 능력 : 오버롤 87

컨택 85 파워 86 주루 82 수비 90 송구 94

■ 특성 :

-초월자 : 패시브. 멘탈이 비약적으로 상승

-선구안 : 패시브. 히든 스탯 동체 시력이 대폭 상승

-노련한 배터리 Lv2 : 주전 포수로 출전 시 선수단 전원 모든 능력치 +4, 선발 투수 모든 능력치 +4

-초보 사령관 Lv3 : 주전 포수로 출전 시 수비 능력치 +6

-에이스 킬러 Lv2 : 상대 투수의 능력에 비례해 컨택, 파워 상승

-강견 Lv2 : 포수 견제사 확률이 높아짐. 수비 +4, 송구 +4

-클러치 히터 Lv1 : 4번 타자 선발 출전 시 파워 +2, 컨택 -2

-초급 지휘관 Lv1 : 야구 이론에 능한 플레이어. 히든 스탯 센스 +2

드래곤즈와의 경기에서 모든 능력치가 30퍼센트 감소했었다.

100퍼센트의 능력치로 출전한 지금은 무서울 게 없었다.

컨디션과 덱 효과, 특성 효과들이 모두 적용된 능력치는 확실히 압도적이었다.

[컨택 103 파워 108 주루 100 수비 119 송구 116]

[상대 투수의 구질을 분석합니다. 오버롤이 부족해 궤적을 동기화할 수 없습니다.]

[최고 구속 149km/h. 포심, 체인지업, 슬라이더, 싱커. 주무기 싱킹 패스트볼.]

북일고 장필훈은 연신 고개를 젓는 폼이, 아마 고의사구 사인이 나온 모양이었다.

자존심 때문에라도 더욱 진우와 맞대결을 하고 싶어 하는 눈치였다.

진우 역시 바라던 바였다.

천천히 자세를 낮춘 진우의 배트 끝이 빙글빙글 돌았다.

빨리 끝내자.

장필훈의 선택은 싱킹 패스트볼이었다.

좌타자 몸 쪽으로 날아오다가 역회전이 걸리며 뚝 떨어지는 구질.

고교 선수를 상대로 카운트를 잡거나 결정구로 쓰기에는 매우 효과적인 공이었다.

슈우욱-

하지만 상대는 진우였다.

존의 가장 낮은 부분을 채워 들어오는 공을, 진우의 배트가 끄집어내듯 올려쳤다.

부웅-

별다른 타격음도 없이 걷어 올려진 공이었다.

"억! 설마!"

"뭐야? 친 거야? 소리도 안 났는데?"

관중들이 사라진 공을 찾아 헤맸다.

공은 벌써 새카맣게 우중간을 쭉쭉 가르는 중이었다.

휘리릭-

풀스윙 후의 반동으로 배트를 튕기듯 내던진 진우는 묵묵히 1루를 향해 뛰어갔다.

Chapter 13

뻗어 가는 공을 주시하던 인천고 더그아웃에서 환호성이 터져 나왔다.

"간다! 간다아아!"

"이에에에! 그랜드슬램!"

올 들어 전국대회 첫 만루 홈런이었다.

당겨 친 공이었지만 워낙 큰 타구여서, 지켜보던 스카우트들이 절로 자리에서 일어날 정도였다.

"무릎이 먼저 움직이는 거 봤어요? 완벽에 가까운 타격 폼이었다고요."

"저 코스를 걷어 올려 넘겨 버리면 투수는 던질 데가 없지. 하하하."

진우는 쏟아지는 환호를 들으며 베이스를 돌았다.

그러다 문득 전국체전 동산고전에서 강시환이 만루 홈런을 때려 냈던 게 떠올라 씁쓸하게 웃었다.

누가 자꾸 너한테서 뭘 뺏어 가네.

만루 홈런도 빼앗기고.

야구까지 빼앗기게 놔두진 않을 거다.

순식간에 4 대 0이 되고도 아웃카운트가 제로인 상황이었다.

진우가 홈플레이트를 밟은 이후로도 인천고 타선은 북일고 장필훈을 맹폭하면서 3점을 더 얻어 냈다.

김아린은 메이저 스카우트들의 대화에 귀를 기울였다.

"북일고 전력이 이렇게까지 떨어졌었나요? 레인저스에서 미스터 장한테 적잖이 공들이고 있는 걸로 아는데."

"미스터 장의 문제라기보다 인천의 공격력이 눈에 띄게 좋아진 거죠. 자세히 봐요. 타격 스탠스부터 수비 조직력까지, 전체적으로 군더더기가 없어요."

"흠… 확실히 청룡기 때의 아마추어적인 느낌보다 훌쩍 성숙해진 느낌이에요. 두 달 만의 변화치곤 대단한데요?"

국내 스카우트의 반응도 크게 다르지 않았다.

2회, 3회가 진행될수록 북일고의 공격은 짧아졌다.

진우와 환상 호흡을 보이는 류현석의 어깨가 달아올랐

고, 인천고의 공격은 길어졌다.

4회가 되자, 인천고에선 류현석을 내리고 진동준을 올렸다.

최고석은 뜻밖의 교체 타이밍에 고개를 갸웃했다.

"투구 수가 50개 정도였는데, 왜 바꾼 거지? 더 볼 것도 없다 이건가?"

진동준은 깔끔하게 4회를 틀어막으면서 북일고의 기세를 완전히 눌러 버렸다.

"확실히 엔트리 20명을 골고루 활용하고 있군. 몇몇 선수가 빠진 걸 감안해서 체력 안배를 할 모양이야."

그렇게 16 대 0의 일방적인 스코어로 맞은 5회 초.

이대로 가면 인천고의 콜드승이 있다.

마지막 공격을 앞둔 북일고 타선을 맞아 인천고는 김명수를 올렸다.

진우는 김명수의 프로필을 확인했다.

[인천고 / 랭크 A+]
■ 김명수 ↑ / 랭크 B+ (우투우타. 175cm, 79kg)
■ 선호 포지션 : 선발 투수SP
■ 능력 : 오버롤 87
구속 87 제구 85 변화구 79 체력 91 멘탈 88
■ 특성 :
-돌직구 Lv2 : 초구에 한해 모든 능력치 +4

-해머 Lv2 : 초구 스트라이크 시 히든 스탯 구위 +4

 현석이나 동준에 비해 특출한 능력은 없었지만, 구위 하나는 끝내주는 케이스였다.
 특성조차 구위를 살릴 수 있는 것들이었다.
 체력도 괜찮고, 선발이나 마무리 투수로 괜찮겠는데?
 연습구를 몇 번 받아 본 진우가 고개를 끄덕이며 검지를 펴 보였다.
 "볼 좋습니다! 한 이닝만 막죠!"
 고개를 한 번 깊게 끄덕인 김명수가 차근차근 이닝을 지워 가기 시작했다.
 뻐어억!
 "아웃!"
 틱!
 "아웃!"
 부웅-
 "스트- 라익! 아우웃!"
 손가락이 길고 악력이 좋은 덕분에 회전수가 현석 못지 않은 명수의 공이었다.
 북일고 타자들은 눈앞에서 솟아오르는 공을 애써 건드려도 범타만 낼 뿐이었다.
 그렇게 경기는 16 대 0, 5회 콜드게임으로 종료됐다.

"와, 너무 크게 이기니까 실감이 잘 안 난다. 이래도 되는 거야?"

"우리 그동안 진짜 지옥 훈련했다고! 이 정도는 나와 줘야지."

"그런가? 하긴, 어떤 팀이 우리처럼 빡시게 했겠어?"

선수들이 승리를 돌아보는 동안, 진우는 경기를 통해 성장한 능력치들을 살폈다.

그때, 김아린이 다가왔다.

밝은 그레이색 세미 정장을 걸친 김아린은 170센티미터가 넘는 키 덕분에 단연 핏이 돋보였다.

상황이 상황인 만큼 인천고 선수들은 대승에도 자중하는 분위기였다.

하지만 김아린에게 눈길이 끌리는 것은 어쩔 수 없었다.

"오늘 경기 MVP로 선정되셨네요. 축하해요."

긴 생머리를 반 묶음으로 올린 채 방긋 웃는 얼굴은 확실히 야구 여신다웠다.

진우가 가볍게 고개를 숙여 보였고, 김아린이 말을 이었다.

"생각보다 싱겁게 끝난 첫 경기에 대한 반응이 엇갈렸는데요. 올해 북일고 전력이 약한 편이었다는 반응과 인천고 전력이 막강해진 탓이다, 라는 것이었습니다. 어떻게 생각하시나요?"

진우가 차분하게 답했다.

"저희는 어떤 팀을 상대로도 최선의 결과를 낼 수 있도록 강도 높은 훈련을 이어 왔습니다. 결과야 지켜봐야겠지만, 과정은 그 어떤 팀보다 치열했을 겁니다."

다부진 진우의 대답을 듣던 김아린이 진우의 다크서클에 시선을 모았다.

'얼핏 들어 보니까 직접 나서서 발품을 판 모양인데. 앞에선 이렇게 단단한 모습만 보여 주지만, 뒤에선 누구보다 바쁘게 움직이겠지. 고등학생이라고는 믿겨지지가 않아.'

김아린이 빤히 진우의 얼굴만 들여다보며 말이 없자, 카메라맨이 손짓을 보냈다.

그제야 번뜩 정신을 차린 김아린이 말을 이었다.

"어머! 죄송해요. 호호호. 마지막으로 이번 대회 목표가 있으시다면요?"

이번엔 진우가 김아린을 물끄러미 쳐다보다가 입을 열었다.

"언제나 목표는 우승입니다. 단순히 우승기를 가져온다기보다, 매 경기를 통해서 성장하고 거듭나는 게 저희 목표입니다."

"오늘 말씀 감사합니다. 앞으로도 좋은 경기 기대하겠습니다."

인사를 나눈 뒤 김아린이 돌아갔다.

진우는 멀찍이서 인터뷰를 초조하게 바라보던 채 코치

에게 다가갔다.

채 코치는 손톱을 잘근잘근 깨물고 있었다.

"코치님, 오늘 태우가 생각보다 잘해 줬어요. 이번 대회에서 시환이가 빠졌으니 주전 3루수로 기용하면 어떨까요? 그리고……."

"맞나. 알았다……."

채 코치의 고개가 김아린의 뒷모습을 쫓아 움직이자, 진우가 채 코치의 옆구리를 손가락으로 찔렀다.

"윽! 뭐고? 와?"

"코치님, 좀! 이번 일 때문에 김 기자님이랑 조만간 사석에서 만나야 해요. 그때 혹시 같이 가 주실 수 있나요?"

여전히 미어캣처럼 고개를 늘여 대며 김아린을 살피던 채 코치였다.

김아린을 만난다는 말에 채 코치는 휘둥그레진 눈으로 진우를 쳐다봤다.

"뭐라꼬! 자슥아, 그걸 말이라카나! 으데? 서울로 가나? 은제? 같이 밥 묵기로 했나?"

"아마 여기저기 좀 다녀야 할 것 같아요."

진우는 서울에서 보라스 등을 만난 뒤에 돌아오는 동안, 기동력이 떨어진다고 생각했다.

당분간 바쁘게 움직여야 할 텐데, 채 코치님이 자가용으로 도와준다면 문제 해결하는 데 한결 도움이 될 거야.

코치님도 김 기자님 뵙고 좋겠지.

진우의 예상대로 채정민은 반색을 하며 이것저것 캐물었다.

그동안 윤 감독은 경기 결과를 되짚어 보며 부쩍 상승한 경기력에 내심 감탄했다.

'홈런 3개 포함 도합 19안타가 터졌다. 진우는 4타수 4안타 1홈런 7타점. 공격도 공격이지만, 수비에서도 딱히 지적할 부분이 없을 정도였어. 승부 조작건만 잘 해결된다면……'

윤 감독은 플래카드에 걸려 있는 봉황을 물끄러미 응시했다.

봉황대기 전국고교야구선수권대회.

1971년 초대 우승 팀 경북고 이후로 북일고와 충암고가 각각 4회, 3회 우승을 차지하며 강세를 보여 왔다.

인천고는 79년, 96년 준우승을 차지한 게 최고 성적이었다.

89년 동산고가 우승을 차지하면서, 청룡기와 봉황기 모두 열세를 보이는 인천고였다.

다행히 지난 청룡기에서 준우승을 차지하면서 어느 정도 명예를 회복할 수 있었다.

그렇기에 이번 봉황대기야말로 인천 야구의 주인 자리를 가져올 기회인 셈이었다.

윤 감독은 야탑고와 경기를 치르는 동산고의 상황을 살피기 위해 휴대폰을 꺼냈다.

그런데 기다렸다는 듯 전화가 들어왔다.

"선배님?"

(어어, 날세. 선동혁이. 경기 잘 봤구마잉. 아들내미한테 얘기했제?)

윤 감독은 선수단이 짐을 꾸리는 더그아웃에서 나와 관중석을 둘러보며 말을 이었다.

"경기 보러 오셨습니까? 먼저 찾아뵙고 인사드려야 했는데, 이거 죄송해서 어쩌죠."

(우리 나이에 인사치레는 무슨. 봉황기 끝나는 대로 소집할랑게, 단디 이야기해 두쇼잉. 끊소.)

전화가 끊기고, 윤 감독은 선수단을 격려하며 학교로 돌아갔다.

마무리 훈련을 지시한 뒤 윤 감독은 오랜만에 서진섭을 찾았다.

서진섭은 몰라보게 건강해진 얼굴로 윤 감독을 맞았다.

"여어, 윤 감독! 요즘 잘나간다고 얼굴 보기가 힘들어. 벌써 이래서 되겠어?"

유니폼을 한 번 내려다본 윤 감독이 멋쩍게 웃으며 서진섭의 농을 받았다.

"어찌나 잘나가는지, 나도 한 두어 달 누워서 쉬고 싶네."

근황을 나눈 뒤 서진섭은 먼저 고마움을 전했다.

"제수씨 덕분에 쾌차하는 중일세. 지아 그 녀석도 어찌나 손이 야무진지, 덕분에 저번 달부턴 혼자 잘 돌아다닌다니까. 고맙네."

"아내에 아들, 딸까지 내가 인복 하나는 좋아. 한데 내가 덕이 부족해서인지, 또 일이 터졌네그려."

자초지종을 전해 들은 서진섭은 어처구니가 없다는 듯 헛웃음을 뱉었다.

"이거 아무래도 냄새가 나는데?"

"냄새?"

"나야 현장에서 한 걸음 물러선 입장 아닌가. 병원에서 그저 들리는 말만 듣는 건데, 쭈욱 연결해 보면……."

"연결해 보면?"

윤 감독이 재촉하자 서진섭은 일부러 뜸을 들였다.

"연결을……. 흠. 한데 자네, 빈손으로 왔는가? 주스도 없어?"

"이 사람아, 지금 주스가 먹고 싶은가!"

"어허, 제수씨나 지아는 눈만 마주쳐도 재깍 뚜껑까지 따서 주던데, 자넨 도대체……."

"알겠네, 알겠어. 오렌지? 포도?"

"피로 회복엔 포도가 좋다네."

윤 감독이 포도를 중얼거리며 병실을 나서자 서진섭은 바로 휴대폰을 꺼냈다.

 그리고 '이재성'을 찾아 통화 버튼을 눌렀다.

 "재성이냐? 서진섭이다. 경기 끝났고? 그래, 고생했다. 너 지금 여기로 좀 와야겠다."

 짧은 통화를 마친 서진섭은 윤 감독이 주스를 사 들고 돌아오자 그동안의 정황을 자세히 묻기 시작했다.

 경기를 마치고 학교에 돌아온 진우는 가장 먼저 대승으로 얻은 보상을 다시 한 번 확인했다.

 [능력치가 상승합니다.]

 [컨택 +1, 파워 +1, 주루 +1]

 [특성 레벨이 상승합니다.]

 [노련한 배터리 Lv3 : 주전 포수로 출전 시 선수단 전원 모든 능력치 +6, 선발 투수 모든 능력치 +6]

 [클러치 히터 Lv2 : 4번 타자 선발 출전 시 파워 +4, 컨택 -4]

 [새로운 퀘스트가 부여됩니다.]

 [다음 정규 경기에서 아래 기록을 달성할 시 보상 적용]

 [2연속 콜드승 : 선수단 전원 모든 능력치 +1 (영구 적용)]

 [팀 5홈런을 기록 : 타자 전원 파워 +2(영구 적용)]

[팀 15K를 기록 : 투수 전원 제구 +2(영구 적용)]

하나같이 괜찮은 메시지였다. 하지만 진우의 표정은 밝지 않았다.

진우가 굳은 얼굴로 정 코치에게 물었다.

"6일 뒤에 부전승 속초상고랑 붙죠? 전력 분석 잘 부탁드릴게요. 그리고 6일간 청백전 위주로 훈련이 진행되면 좋겠습니다."

윤 감독이 곧장 서진섭을 만나러 자리를 뜬 상황이었다.

마무리 훈련을 지도하던 정 코치가 고개를 끄덕였다.

"걱정 마라. 동준이 이제 졸업하면 네가 실질적인 주장 아니냐? 그동안 네 덕분에 잡은 경기가 태반인데, 전력 분석 정도는 맡겨 두라고."

승부 조작에 대해선 함구하라는 윤 감독의 지시 이후, 코칭스태프는 선수단의 분위기가 처지지 않도록 애썼다.

정 코치는 안쓰럽다는 듯한 얼굴로 진우를 바라봤다.

"네가 고생이 많다. 도움 필요하면 언제든지 말하고."

"예, 코치님. 열외 인원도 훈련은 병행하게 신경 써 주시면 감사하겠습니다."

애써 웃어 보였지만 피곤한 기색이 역력한 진우의 말에 정 코치가 등을 떠밀었다.

"알겠다, 알겠어. 네 몸부터 좀 신경 써라."

언제나 선수들이 의지할 수 있는 단단한 모습의 진우였다.

포수로 전향한 뒤로는 장비까지 착용하면서 그 든든함이 더 커졌는데, 이번 일이 있은 뒤로 부쩍 얼굴에 그늘이 진 그였다.

정환호는 안쓰러운 마음이 가시질 않았다.

'서 감독님 계실 때부터 보통은 아닐 거라고 생각하긴 했지만……. 그동안 인천고를 여기까지 끌고 온 건 솔직히 저 녀석이었지.'

운동장에선 장비를 착용하고 마무리 훈련을 이어 가는 진우.

어느새 선수들과 한 몸처럼 움직이고 있는 투코 이승후와 타코 안치효가 눈에 들어왔다.

'올해 초만 해도 상상도 못한 모습이라고. 될 대로 되라는 식이었으니까. 어쩌면 그동안 진우 녀석한테 너무 큰 짐을 지워 왔는지도 모르겠어.'

모처럼 진중한 생각을 이어 가던 정환호는 무심코 스탠드를 봤다가 깜짝 놀랐다.

"응? 서련 씨? 저 외국인은 누구야?"

운동장을 바라보고 선 서련은 외국인과 대화를 나누고 있었다.

서련은 정 코치와 눈이 마주치자, 손을 흔들며 다가왔다.

정환호가 엉겁결에 마주 손을 흔들자, 선수들의 시선이 집중됐다.

"코치님, 안녕하세요. 오늘 승리 축하드려요."

"와, 서련 쌤이다!"

"쌤! 오늘 왜 안 오셨어요! 완전 대승했는데!"

새카맣게 탄 선수들이 이를 드러내며 순박하게 웃자, 서련이 쿡 웃음을 터뜨렸다.

"미안. 일이 좀 있어서. 마무리 훈련 방해될까 봐 기다리고 있었는데, 코치님이랑 눈이 마주쳤네요."

서련이 정환호를 향해 외국인 사내를 소개하는 동안, 정환호는 뜨악한 표정으로 사내를 노려봤다.

'뭐지? 혹시 서련 씨, 외국인 취향이었나? 나이도 제법 있어 보이는데!'

서련은 정환호의 눈앞에 손바닥을 들어 흔들어 보였다.

"코치님? 무슨 생각을 그렇게 하세요? 인사 나누시래도요. 여긴 보라스 코퍼레이션 대표, 스캇 보라스예요. 스캇, 여긴 인천고 수석 코치 정환호 씨고요."

"보라스……? 반갑습니다."

"미스터 정! 반가워요. 흠, 선수들이 대승을 거둔 이유가 있었군요."

인천고 선수들이 훈련하던 모습을 지켜본 보라스가 엄지를 치켜세웠다.

정환호는 아직도 보라스를 잔뜩 경계하는 눈치였다. 정환호가 서련에게 물었다.

"그런데 어떻게 두 분이……. 이렇게 붙어서. 대낮부터."

서련은 정환호가 그러거나 말거나, 곧장 진우에게 향했다.

"아버지한테 얘기 들었어. 방학이고 해서 보라스 법무팀이랑 같이 움직이기로 했거든. 통역도 할 겸. 몸은 좀 괜찮니?"

진우는 반가운 얼굴이 둘이나 나타나자, 그나마 웃을 수 있었다.

'양 감독님이 서련 쌤을 보라스랑 연결해 주신 모양이네. 잘됐어.'

"보라스, 여기까지 직접 와 주셔서 고맙습니다."

"일은 직원들이 하죠. 나는 놀러 다니기 바쁩니다. 하하하. 미스터 양 덕분에 이런 미인과 같이 다닐 수 있어서 또 좋고요."

그 모습을 지켜보던 정환호는 괜히 선수들을 더 다그쳤다.

"이 자식들이, 오늘 이겼다고 한눈팔지 말고! 내일부턴 6회 청백전 반복이니까 빠릿빠릿하게 돌아!"

"예에!"

마스크를 벗어 든 진우를 향해 보라스가 말을 이었다.

능숙한 영어가 쏟아졌고, 서련이 진우에게 동시통역을 했다.

"딱히 포착된 정황은 아직 없어. 다만 이야기한 대로 문제가 된 선수들이 경기에 출장하지 않고 브로커에게 받은 금액을 확보한 상태라면, 일이 터졌을 때 데미지를 최소한으로 줄일 수 있을 거래."

"예, 감사합니다. 저도 소식 들어오는 대로 연락드릴게요. 신세를 져서 미안합니다."

서련이 진우의 말을 전하자 보라스가 시원하게 웃었다.

"하하하하, 미스터 윤답지 않군요. 어차피 나도 전속 계약을 얻어 냈으니 이 정도는 기브 앤 테이크라고 생각하면 됩니다. 그나저나 오늘 활약이 대단했다고 들었어요."

보라스와 서련이 눈을 빛내며 진우를 쳐다보자, 진우가 어깨를 으쓱했다.

"동료들이 잘해 줘서 이겼어요. 아마 8강까지는 무리 없을 겁니다."

동준과 함께 가벼운 러닝 중이던 현석은 입술을 삐죽거렸다.

"뭐야, 정 코치님 또 왜 저러신대? 배고파 죽겠구만. 어후, 쓰러지겠다, 쓰러져!"

오늘 경기에서 현석과 함께 압도적인 투구를 보여 준 동준이 피식 웃었다.

"냅둬. 다들 조금이라도 웃고 좋지, 뭐. 너, 다음 경기도 선발 괜찮겠냐?"

"끄떡없죠. 50개도 안 던졌는데요. 그래도 선배 마지막 대회인데, 선배가 선발 뛰시는 게 낫지 않을까요?"

3학년 입장에선 한 번이라도 더 경기에 출장해 스카우트 눈에 드는 게 중요한 시기였다.

하지만 동준은 고개를 저었다.

"팀이 먼저지. 나도 계투로 나가는 게 더 편하기도 하고. 진우가 포수 맡은 뒤로 선수들이 제 포지션 찾아가는 거, 너도 봐서 알잖아. 3학년이라고 해서 그걸 깨고 싶지 않다."

현석은 동준의 어른스런 말에 자신의 귀를 의심했다.

'많이 변했다고 느끼곤 있었는데 이 정도로 변하다니. 제일 많이 변한 건 동준 선배야. 이번 일만 잘 넘어가면, 진짜 강팀이 될 거라고.'

프로도 그렇지만, 아마추어야말로 선수 스스로의 역량이 중요하다.

승부수를 던져야 할 순간, 감독이나 코치가 작전을 냈는데 정작 선수가 작전을 이행하지 못한다면?

막으라고 마운드에 올려 보내도, 번트 사인을 내도 번번이 실패하는 게 태반인 고교 야구다.

기본적인 히트 앤 런조차 실패하기 일쑤인 수준이니까.

하지만 지금의 인천고는 달랐다.

간절함과 투지를 장착한 선수들이었다.

주전과 후보를 가리지 않고, 서로 팀플레이를 우선시하는 분위기.

개인의 욕심보단 팀 승리를 위한 플레이어가 되길 망설이지 않았다.

현석은 동준의 양보를 기꺼이 받아들이며 무거운 책임

감을 느꼈다.

"네, 선배님. 최선을 다할게요. 저도 그동안 느낀 게 많거든요. 아마 선배님 올라오실 때면, 만루 홈런 두 방을 맞아도 홀드 챙기실 수 있을 거예요."

현석의 농담에 동준이 다시 한 번 웃었다.

한편, 국해진은 유난히 우울한 모습으로 훈련에 임하고 있었다.

현석과 동준이 다가갔다.

"선배, 너무 걱정하지 마세요. 저희 다 열심히 하고 있잖아요. 일 잘 풀릴 거예요."

"그래, 그렇게 축 처져 있으면 될 것도 안 되겠다."

전력 이탈이 있었음에도 북일고를 잡아냈고, 진우를 중심으로 승부 조작의 실마리도 찾아가고 있었다.

그러다 보니 근심 가득해 보이는 국해진을 달래 주려고 했던 것.

그런데 돌아온 해진의 대답은 뜻밖이었다.

"그게 아니라. 나 여자 친구한테 차였어."

"뭐어?"

"예에?"

"조금 있으면 100일이었는데……. 얼마 전에 여자 친구랑 약속 깨고 고기 뷔페 간 게 문제였나 봐."

동준과 현석은 도대체 이해할 수 없다는 표정이었다.

"아니, 고작 그런 거 가지고 헤어진다고?"

"말도 안 돼요! 선수한테 먹는 게 얼마나 중요한데!"

"으흑흑."

혼자 속앓이하던 국해진은 이제 흐느끼기 시작했고, 서서히 동료들이 모여들었다.

"뭐야? 무슨 일 있어?"

"선배, 왜 그래요!"

"은진아아! 으엉엉."

운동만 해 온 선수들은 오히려 순수한 면이 있기 마련이다. 모든 게 처음이고 서툴기 마련인 사춘기. 다른 사람이 보기에 어이없어도 본인한텐 슬픈 실연인 거다.

국해진이 엉엉 울기 시작하자, 동준이 선수들에게 대충 상황 설명을 해 줬다.

자초지종을 들은 나요한이 다가와 국해진을 달랬다.

"선배, 저도 차였어요."

"흐흑. 응?"

국해진이 잠시 울음을 멈추자, 나요한이 말을 이었다.

"며칠 전에 앞집 사는 여자애한테 고백했거든요. 근데 운동하는 애는 싫다고 하더라고요."

덤덤하게 말을 늘어놓는 나요한을 보며 국해진도 울음을 그치기 시작했다.

"뭐어? 왜?"

"그 눈빛을 아직도 못 잊겠다니까요. 뭐, 까까머리에 얼굴 시커먼 놈을 누가 좋아하겠어요."

고개를 절레절레 저으며 하는 나요한의 말에 국해진은 더 슬퍼진 모양이었다.

"크흑. 역시 우린 틀린 건가? 하긴, 걔는 공부도 잘했다고……."

"선배, 그럴 땐 지옥 훈련이 최고더라고요."

선수들은 그제야 요즘 나요한이 맹훈련에 불타올랐던 게 이해가 가기 시작했다.

아직은 다듬어지지 않은 원석 같은 선수들이었다.

장차 스타플레이어가 될 수도 있지만, 반대로 '한때 운동했던 선수 출신'이 될 수도 있는.

국해진이 더 우울해지려고 하자, 동순이 일부러 크게 말했다.

"우리 프로 가면! 훨씬 더 괜찮은 여자가 줄을 설 거라고! 안 그러냐? 응?"

동준의 위로(?)에 동료들은 얼마 전 만났던 드래곤즈 선수들을 떠올렸다.

친선전이 끝나고 이런저런 이야기를 나눴던 게 생각난 것이었다.

'거의 다 솔로라던데…….'

하지만 누구도 그 생각을 입 밖으로 내지 않았다.

류현석은 또 어쩐지 진우가 떠올랐지만, 역시 입 밖으로 꺼내지 않았다.

'진우 그 자식은 벌써 팬클럽이 생겼는데…….'

현석이 화제를 돌렸다.

"그럼 오늘 고기 뷔페나 갈까요?"

"그럴까?"

"가자! 다 죽었어, 오늘."

"그래, 가자! 내가 쏜다!"

어쩐지 화가 난 선수들이었다.

서진섭의 시시콜콜한 주문을 들어주던 윤 감독은 뜻밖의 인물이 병실로 들어서자 멈칫했다.

"이재성 감독님 아닙니까?"

"어, 이거 윤 감독님도 계셨네요. 오랜만입니다."

여태 괜히 윤 감독에게 틱틱거리던 서진섭은 둘을 앉혀 놓고 표정을 싹 바꿨다.

"재성아, 윤 감독 은퇴한 해에 네가 우리 팀 막내였지?"

"예, 선배님."

"윤 감독은 내 동료였고, 동시에 내가 평생 볼을 받았던 선수 중에서 가장 멋진 공을 던졌던 선수였다. 그래서 각별한 사이이고."

"예, 말씀 많이 들었습니다."

이재성은 생각보다 고분고분하게 서진섭의 말을 듣는 중이었다.

서진섭이 말을 이었다.

"요즘 애들은 나이 많다고, 짬 많이 먹었다고 이래라저래라 하면 꼰대라고 한다더라. 내가 이 마당에 너한테 꼰대처럼 굴 생각은 없다만."

공손하게 손을 모으고 천천히 고개를 끄덕이던 이재성이 고개를 들자, 서진섭이 다시 입을 열었다.

"우리 나이쯤 되면 야구판 돌아가는 거 얼추 다 보이지 않겠냐."

"예……."

서진섭은 입을 꾹 닫고 환자용 베드에 등을 기대더니 가만히 이재성을 응시했다.

대화를 듣고 있던 윤 감독도 낌새를 느꼈는지 함께 이재성의 입만 주시하는 중이었다.

부쩍 파리해진 얼굴의 이재성은 면도하지 않은 턱을 매만지며 입맛을 다시다가 입을 열었다.

"선배님, 무슨……."

"재성아."

"예."

아직 이재성의 표정에 결심이 보이지 않아서인지, 서진

섭이 말을 끊고 들어왔다.

"우리 다시 안 볼 거냐?"

모든 걸 다 알고 있다는 듯한 서진섭의 태도였다. 윤 감독은 침을 삼켰다.

'이 친구가 이런 면이 있었나? 내가 후배였으면 없던 잘못도 지어서 말했겠어.'

이재성은 고개를 떨군 채 무거운 침묵을 한참이나 견뎠다. 그러곤 이내 한숨을 푹 내쉬었다.

"후우. 제가 누구 앞이라고 짱구를 굴리겠습니까. 예, 받았습니다."

윤 감독이 고개를 뒤로 빼며 흠칫 놀라자, 서진섭이 이재성 몰래 윙크를 보냈다.

"계속 이야기해 봐."

이재성은 그동안 쌓인 게 많았는지, 서진섭이 적당히 맞장구만 쳐 주는 동안 술술 승부 조작 건에 대해 털어놓았다.

적당히 본론이 나왔다 싶자, 이번엔 윤 감독이 입을 열었다.

"이미 대대적으로 조사가 시작됐어요. 이 정도 진술만으로도 관련된 자들은 빠져나오기 어려울 거요."

그제야 아차 싶었는지, 이재성이 두 손으로 얼굴을 감쌌다.

"하……. 이럴 줄 알았으면."

이재성이 뒤늦게 후회하는 듯한 말을 흘리자, 윤 감독이 목소리를 높였다.

"나는 저번 친선전으로 오해를 풀었다고 생각했는데, 이것밖에 안 되는 사람이었소? 이럴 줄 알았으면이라니!"

"아니, 선배님. 친선전은 정말 깨끗하게……."

이재성이 손사래를 쳤지만, 윤 감독은 멈추지 않았다.

"듣기 싫어요. 이럴 줄 알았으면 죗값 치를 것도 생각했어야지. 동산 선수들은 몇 명이나 개입됐소?"

"아직… 아직 조작을 한 적은 없습니다. 16강부터 베팅이 시작된다나, 어쩐다나 해서……."

"몇 명이냐고 묻잖아!"

"다섯, 다섯 명입니다."

서진섭과 윤 감독의 살벌한 추궁에 이재성은 처참한 표정으로 정보를 털어놨다.

양상웅에게 전말을 전해 들은 구본영 KBO 총재는 다음 날 KBA 김금룡과 회동을 가졌다.

"이거 불미스러운 일이 있는 모양이오. 이왕 터질 거, 우리가 빨리 손을 써서 기자회견을 하는 게 모양새가 낫지 않겠어요?"

"그렇지 않아도 어제 드래곤즈 스카우트 팀장이 연락을 주더군요. 백방으로 손을 쓰고는 있는데, 도움이 필요할 것 같다고요. 어떻게 하면 좋겠습니까?"

프로에서도 한 차례 승부 조작이 터져, 선수 2명이 영구 제명된 일이 불과 1년 전이었다. 구본영은 강경한 태도로 말을 이었다.

"검찰에 수사를 의뢰해야겠죠. 조금이라도 가담한 선수는 다시는 야구판에 발 못들이게 하고, 결국에 발표될 일이라면 적어도 우리 협회와 상관없는 일이었다는 걸 제대로 보여 줘야 해요."

일벌백계를 주장하는 구본영과 달리, 김금룡은 신중한 입장이었다.

"허, 참. 어찌 됐든 관리에 소홀한 제 책임이 큽니다. 면목이 없어요. 허지만… 어린 선수들 아닙니까. 죗값은 치르되 적어도 다시 일어날 기회는 주는 것이……."

아무래도 아마추어 야구를 직접 담당하는 김금룡이었기에 단호한 입장의 구본영과는 의견이 다를 수밖에 없었다.

구본영은 고개를 저었다.

"총재님, 어린 선수들일수록 본때를 보여 줘야 다시는 비슷한 일도 안 일어나는 법입니다. 저는 그렇게 무르게 조치할 생각이 없어요."

아마추어에서 일어나는 일에 대해선 이사회 회의를 거쳐 김금룡이 결재를 하게 돼 있었다.

하지만 그런 김금룡의 총재 자리를 좌지우지하는 건 구

본영이었다.

"허허… 이것 참."

그걸 모를 리 없는 김금룡은 탄식만 흘릴 뿐 더 이상 말을 잇지 못했다.

며칠 후.

이틀 앞으로 다가온 속초상고전을 대비해 인천고에선 청백전이 한창이었다.

"청팀 파이팅!"

"가자, 가자!"

이전처럼 주전 팀과 비주전 팀의 일방적인 팀 구성이 아닌, 선호 타선과 포지션을 고려한 전략적인 구성이었다.

덕분에 더욱 짜임새 있고 효율적인 청백전이 가능해졌다.

백팀 포수를 맡은 김태우는 청팀 포수를 맡은 진우의 볼 배합을 유심히 지켜보며 한 수 배울 수 있었다.

각 팀의 투수와 야수들은 훈련으로 만들어 낸 성과를 발휘하려 역동적으로 움직였다.

부웅-

"그렇지! 삼진, 삼진!"

타악!

"터졌다! 뛰어, 뛰어!"

이제 선수들은 프로 입단을 목적으로 서로 경계하지 않았다.

스스로 더 좋은 선수로 거듭나기 위한 선의의 경쟁의 맛에 푹 빠지게 된 거다.

8월의 폭염은 흙바닥 운동장에서 아지랑이를 일으켰다.

하지만 인천고 선수들은 야생마처럼 아지랑이를 짓밟으며 뛰어다녔다.

오히려 코칭스태프가 만류해야 할 지경이었다.

베이스 코치를 보던 채정민과 안치효는 선수들의 플레이가 과열될 때마다 앞장서 자제시켰다.

"마, 슬라이딩 좀 작작해라고! 누가 보면 한국 시리즈 하는 줄 알긋다."

면박 아닌 면박을 들으면서도, 선수들은 씨익 웃으며 흙 묻은 손을 털고 눈을 빛냈다.

그런데 그 청백전에 끼지 못하는 3명이 있었다.

3학년 박태균과 2학년 오태구, 1학년 강시환.

그들은 경기에 방해되지 않는 한쪽에서 묵묵히 체력 훈련을 이어 가는 중이었다.

셋은 일부러 경기장에 눈을 두지 않은 채, 속으로 윤 감독의 말을 되뇌며 군소리 없이 움직였다.

"향후 어떤 처벌이 내려와도 달게 받아라. 대신 재기의 여지가 있다면, 너희를 먼저 돕지 못한 나부터 발 벗고 나설 거다. 그러니까 너희는 조용히 할 일 하고 있어."

한동안 죄책감에 시달리던 강시환은 윤 감독의 말에 조금은 의연한 자세를 찾을 수 있었다.

'진우 말이 맞아. 할머니 생각해서라도 정신 바짝 차려야 해. 야구마저 뺏겨 버리면······.'

이미 한 차례 프로 무대에서 벌어진 승부 조작으로 가담 선수가 영구 제명된 사례를 알고 있었기에, 시환은 떨리는 손을 애써 힘주어 배트를 움켜쥐었다.

인천고 스탠드에서 청백전을 유심히 지켜보는 사람이 있었다.

니키가 보스턴 구단에 다녀오는 동안, 부쩍 수입이 줄어들었던 레이먼드는 돌아온 니키에게 유난히 살갑게 굴었다.

"니키, 우리가 자리를 비운 동안 선수들이 많이 성장한 모양이에요. 기세가 대단한데요?"

실전을 방불케 하는 치열한 청백전이었다.

레이먼드의 말은 틀린 구석이 없어 보였다. 하지만 니키는 천천히 고개를 가로저었다.

'기세가 오른 건 좋지만, 벌써 며칠째 무리하고 있어. 아직 자기 관리에 서툰 고교 선수들이라고. 정작 시합에서 지치지 않을까 걱정이군.'

니키의 표정이 어둡자, 레이먼드는 괜히 안절부절못했다.

"날이 많이 덥죠. 음료수라도 사 올까요?"

"괜찮아요. 이것도 다 필요한 과정일 테니, 지켜보죠."

프로 선수들도, 특히 투수들의 경우 한여름엔 경기력이 급격하게 떨어지는 걸 볼 수 있다.

당연히 막아 줄 걸 기대하고 마운드에 올린 투수가 두들겨 맞기 시작하면서 고개를 갸웃거리면, 관중들은 기다렸다는 듯 야유를 쏟아 낸다.

밥 먹고 야구만 하는데 왜 저 모양이냐, 내가 던져도 저거보단 잘 던지겠다, 암 걸리겠다······.

가장 미칠 지경인 것은 투수 본인인 거다.

이를 갈면서 훈련을 거듭해 왔는데, 정작 마운드에선 힘이 떨어져 배팅 볼이 되고 마니.

마치 모의고사를 만점 받아 놓고 정작 수능을 망쳐 버리는 거랑 비슷한 모양새인 거다.

다년간 세계 곳곳의 리그를 지켜본 니키였다.

부쩍 성장한 인천고의 경기력을 확인하면서도 동시에 체력을 걱정할 수밖에 없었다.

'열의도 좋지만, 가끔은 그걸 눌러 주는 것도 필요하지. 앞으로 어떻게 풀어 가나 지켜볼까?'

속초상고전을 이틀 앞둔 진우의 관심사는 오직 경기 감각이었다.

진우는 그간 강도 높은 훈련으로, 어느 팀과 비교해도 우위에 설 수 있는 팀 전력이 만들어진 것에 자신감을 가졌다.

회귀 이전에 봉황대기 우승이 덕수정보고였고.

준우승이…….

광주동성고였지?

동성고 양현주는 1차 지명 정일영과 김광훈이 빠진 후반기 대회에서 독보적인 고교 랭킹 1위의 투수였다.

두 팀이 결승에서 만나 무명의 덕수고 투수가 호투를 하면서 양현주의 동성고가 무너졌지만.

그럼에도 양현주가 광주 라이언즈에 2차 1번으로 지명될 만큼, 양현주의 쇼케이스라고 해도 될 정도의 대회였다.

진우는 그 밖에도 맞대결할 가능성이 높은 팀들을 우선으로 전력을 분석했다.

속초상고 잡으면, 경기고다.

전국대회 4강권에 단골로 진출하면서 어느덧 강팀으로

자리 잡은 경기고엔 스타 선수들이 즐비했다.

메이저리그에서 돌직구를 뿌려 대는 클로져 오승찬, 야구 머신(?) 황재율, 레드 트윈스의 로켓 이동후, 김기현, 서동국, 오지혁…….

2017년까지 프로에서 뛰면서 선수들과 직접 부딪쳤던 진우로서는 잠재력 있는 선수들이 가득한 경기고야말로 가장 강력한 우승 후보로 보였다.

다행히 졸업한 선수를 제외하면 지금 뛰고 있는 선수는 대폭 줄었다.

그럼에도 잠재력만으로 봤을 땐 인천고를 상회하는 유일한 팀이었다.

속초상고가 아니라 경기고를 목표로 훈련해야 해.

진우가 생각을 이어 가던 그때, 메시지가 들려왔다.

[청백전 승리로 능력치가 상승합니다.]

[파워 +1, 주루 +1]

[오버롤 90 달성 보상이 발생합니다.]

[일부 히든 스탯을 확인할 수 있습니다.(시야, 센스, 구위, 동체 시력, 리더십)]

생각지도 못했던 보상에 가만히 프로필 창을 불러냈다.

[인천고 / 랭크 A-]

- 윤진우 / 랭크 S+ (우투양타. 185cm, 87kg)
- 선호 포지션 : 포수C
- 선호 타선 : 클린업
- 칭호 : 캡틴
- 능력 : 오버롤 90

컨택 87 파워 89 주루 86 수비 92 송구 95

- 특성 :

-초월자 : 패시브. 멘탈이 비약적으로 상승

-선구안 : 패시브. 히든 스탯 동체 시력이 대폭 상승

-노련한 배터리 Lv3 : 주전 포수로 출전 시 선수단 전원 모든 능력치 +6, 선발 투수 모든 능력치 +6

-초보 사령관 Lv3 : 주전 포수로 출전 시 수비 능력치 +6

-에이스 킬러 Lv2 : 상대 투수의 능력에 비례해 컨택, 파워 상승

-강견 Lv2 : 포수 견제사 확률이 높아짐. 수비 +4, 송구 +4

-클러치 히터 Lv2 : 4번 타자 선발 출전 시 파워 +4, 컨택 -4

-초급 지휘관 Lv1 : 야구 이론에 능한 플레이어. 히든 스탯 센스 +2

응? 히든 스탯은 어떻게 보는 거야?

혹시나 싶어 진우가 귀를 다시 한 번 만지자 새로운 창이

드러났다.

■ 히든 스탯 :
시야 86 센스 79 구위 92 동체 시력 113 리더십 94

그늘에 앉아 스탯을 살피고 고개를 끄덕인 진우는 다시 고개를 갸웃했다.
내 것만 봐선 감이 안 잡히는데?
그리고 물을 마시러 지나가던 현석의 프로필을 열었다.

[인천고 / 랭크 A-]
■ 류현석 / A+ (1학년. 좌투우타. 189cm, 99kg)
■ 선호 포지션 : 선발 투수SP
■ 선호 타선 : 클린업
■ 능력 : 오버롤 92
구속 97 제구 89 변화구 92 체력 93 멘탈 90
■ 특성 :
-이닝이터 Lv2 : 선발 등판 시 투구 수 25개까지 체력 소모 없음
 -와일드 피쳐 Lv2 : 구속 +4, 제구 -4
 -좌타 킬러 Lv2 : 좌타자 상대 시 모든 능력치 +4(우타 상대 시 모든 능력치 -4)

-강심장 Lv2 : 구속 +4, 변화구 －4

-월드 스타 Lv1 : 자신을 응원하는 팬을 발견할수록 히든 스탯 구위가 랜덤으로 상승

히든 스탯 창으로 넘어가기 전, 현석의 오버롤을 발견한 진우가 혀를 내둘렀다.

이 자식, 진짜로 대단하잖아?

투덜거리긴 해도 확실히 열심히 하긴 했던 거지.

히든 스탯 한번 볼까?

■ 히든 스탯 :

시야 61 센스 72 구위 85 동체 시력 77 리더십 49

역시 예상대로 구위가 높네.

리더십은…….

진우가 이리저리 선수들의 히든 스탯을 살펴보니, 대체로 그동안 경기를 치르며 느껴 왔던 부분들이 수치로 정확하게 나타났다.

물을 먹고 돌아온 류현석은 진우가 허공을 노려보며 고개를 끄덕이고 있자 장난을 걸어왔다.

"또 무슨 생각을 그렇게 하시나? 지금부터라도 농구 시작할까 생각하나? 에어컨 빵빵한 실내에서 뛰어다니고 싶어?"

"네가 그런 건 아니고?"

"맞아. 진지하게 고민 중이다."

"푸흐흐, 너 살 많이 빠졌다. 훈련 성과는 좋은데, 페이스 조절 잘해. 한 3킬로그램은 빠진 것 같은데?"

"그렇지 않아도 걱정이다. 체중 빼면 시체인데, 아무리 먹어도 땀으로 다 나가니까 아까워 죽겠다니까. 근데 왜 농구 선수들은 살이 안 찌지?"

"걔네들이 우리보다 더 뛰거든? 슬램덩크 안 봤냐?"

"슬램덩크? 여기서 축구 만화가 왜 나와?"

"그런가……. 잘 모르겠다. 아무튼 모레 속초상고가 좌타 라인이니까, 방심하면 안 돼."

후에 설악고등학교로 개명한 속초상고였다.

역사가 짧다 보니 출신 선수도, 현역 선수층도 빈약한 게 사실이었다.

당장 라인업에도 내야수 박용훈을 제외하면 거의 무명에 가까운 선수들뿐이다 보니, 유난히 좌타가 많다는 것만 제외하면 어렵지 않을 경기였다.

잠깐 휴식을 마친 현석은 벌써 저만치에서 좌타를 대비한 투구 연습을 시작하고 있었다.

어느덧 진우의 말을 들으면 이긴다, 진우 말대로만 하면 통한다는 인식이 선수단 전체에 박혀 버린 인천고였다.

현석도 예외는 아니었다.

'저 자식 말대로 해서 틀린 적이 없어. 이번 대회에서 실력 발휘하려면 진우 입에서 나온 말부터 완벽하게 가져가야 한다고.'

나요한만 해도 마찬가지였다.

진우의 조언대로 루틴을 만든 후, 4타수 3안타 1홈런을 기록한 나요한이었다.

진우의 말이라면 운동장의 돌을 씹어 먹으라고 해도 달려들 지경이었다.

한껏 달아오른 분위기 덕분에 진우 역시 부상으로 정체되어 있던 능력치를 끌어올리는 데 집중할 수 있었다.

그리고 천천히 준비 중인 오른손 투구 역시 진행 중이었다.

선수단이 모두 돌아간 저녁.

운동장에 남은 진우는 그물망에 공을 뿌렸다.

"흡."

[132km/h]

"전력투구를 해도 이 정도라니. 못해도 140은 나와 줘야 하는데."

꾸준히 포수 송구 연습을 해서인지 제구력은 점차 좋아지는 중이었다.

하지만 실전 투구에 나서기엔 턱없이 부족한 상태였다.

두어 시간 동안 공을 뿌려 댄 진우는 벤치에 걸터앉아 한숨을 돌렸다.

"이상하단 말이지. 우투수 능력치는 불러낼 수가 없어."

능력치가 낮더라도 일단 눈에 보이면 차근차근 올릴 생각이었다.

하지만 우완 투수 윤진우의 프로필은 열리질 않았다.

답답한 마음에 진우는 손에 쥔 공을 콱 움켜쥐었다.

"일단은 포수에 집중하자고. 천천히 준비하면 내년엔 어떻게든 할 수 있을 거다."

공을 손에서 가볍게 튕기며 다부진 표정으로 일어선 진우는 한 시간을 넘게 더 공을 뿌린 뒤에야 집으로 돌아갔다.

박철진은 인터넷 사설 사이트를 확인하며 웃음을 흘렸다.

"베팅 회원 수 2천 명이 넘었네. 빚져서 만든 판인데, 제대로 한몫 벌어야지. 팍팍 늘어나라. 팍팍!"

그런데 경기 결과를 살펴보다가 이상한 점을 발견했다.

"어라? 인천고 3명이 다 빠졌잖아? 벌써 눈치챈 건가?"

인천고가 워낙 대승을 거뒀기에 라인업은 자세히 살피지 않았었다.

그런데 승부 조작에 가담하기로 한 3명이 모두 엔트리에서 제외된 게 눈에 띄었던 거다.

"하……. 뭐지? 벌써 들통이 났다고? 인천고 베팅액이 제일 세서 내리기도 뭐하고."

박철진은 동산 이재성에게 건넸던 액수를 떠올리며, 전화기를 들고 이재성의 번호를 찾았다.

"일단 이 양반한테 좀 물어봐야겠어."

하지만 한참이 지나도 이재성은 전화를 받지 않았다.

"경기 중인가? 하여튼 도움이 안 돼요, 도움이."

전화를 끊은 박철진은 잠이 덜 깬 얼굴을 쓸어내리며 중얼거렸다.

"몸 사리는 눈치면, 이쪽에서 터뜨리는 수가 있다고. 직접 좀 둘러봐야겠구만."

인천고와 속초상고, 속초상고와 인천고의 경기 당일.

숭의 야구장에 모인 인천고 선수들 중에서 진우가 보이지 않았다.

장비까지 착용한 채, 진우는 비상구 쪽에서 김아린과 대화 중이었다.

"스카우트분들이 경기 있는 곳마다 대기 중이고요. 촬영만 가능하면 증거까지 확실해지는 거죠."

"믿을 만한 분들한테 부탁해 놨어요. 빠져나가기 쉽지 않을 거예요."

권위 있는 봉황대기라고 해도, 전 경기 중계가 불가능한 게 현실이었다.

그래서 조작이 의심되는 과정이나 브로커를 카메라에 담기 위해 진우가 따로 부탁을 해 두었던 것.

진우는 정중하게 고개를 숙여 감사의 말을 전했다.

"신세를 졌습니다. 꼭 보답하겠습니다."

"신세는요. 저희도 이슈 잡고 좋은데요. 굳이 보답할 생각이라면… 이번 일 마무리되는 대로 커피나 한잔해요. 제가 살게요."

김아린이 눈을 찡긋해 보이자, 진우가 빙긋 웃었다.

"얼마든지요. 식사는 제가 사겠습니다. 잘 부탁드릴게요."

인사를 남긴 진우가 운동장으로 향했다.

김아린은 아랫입술을 깨물었다.

'누가 열일곱이라고 생각하겠어? 추진력 하며, 저 체격 하며. 내가 몇 살만 어렸어도…….'

한숨을 폭 내쉬던 김아린이 고개를 갸웃했다.

"아니지. 지금이라고 안 될 건 또 뭐 있담?"

뜻 모를(?) 말을 중얼거린 김아린은 가벼운 걸음으로 사라졌다.

경기 시작이 코앞이었다.

둥글게 모여 자신을 기다리고 있는 동료 선수들 사이로 진우가 끼어들었다.

주장 진동준이 선수들을 독려 중이었다.

"…고생 많이 했으니까, 시원하게 잡고 쭉쭉 올라가자. 진우, 한마디 해야지."

"예. 시원하게 잡고 쭉쭉 올라갑시다. 인고!"

"악! 악!"

현역 군인들의 기합을 방불케 하는 우렁찬 소리가 경기장으로 퍼져 나갔다.

기세가 오른 인천고 선수들은 튕겨 나가듯 수비 위치로 달려갔다.

진우는 선발 류현석과 마운드로 걸어가면서 다시 한 번 사인을 맞췄다.

"방심하지 말고. 맞춰 잡기보단 삼진으로 가자."

자신 있다는 표정으로 고개를 끄덕이던 현석이 되물었다.

"근데 어쩐 일이냐? 투구 수 늘어난다고, 삼진보단 맞춰 잡는 쪽으로 했었잖아."

"그런 게 있어. 일단 이번 게임만 삼진 최대한 뽑아 보자. 참, 그리고 지아가."

"지아? 지아라고 했냐?"

"준결승부터 보러 오겠대. 그 전엔 집에서 응원하겠다더라."

"준결승? 하하하하. 준결승까지도 내가 끌고 가고, 준결승부터도 내가 책임져야겠구만."

"잘해 보셔."

피식 웃어 보인 진우는 현석의 월드 스타 특성이 적용된 걸 확인했다.

그리고 각종 버프를 알리는 메시지와 함께 새로운 퀘스트를 확인했다.

[이번 정규 경기에서 아래 기록을 달성할 시 보상 적용]
[2연속 콜드승 : 선수단 전원 모든 능력치 +1 (영구 적용)]
[팀 5홈런을 기록 : 타자 전원 파워 +2 (영구 적용)]
[팀 12K를 기록 : 투수 전원 제구 +2 (영구 적용)]

속초상고 선두 타자 박용훈이 타석에 들어서면서 경기가 시작됐다.

진우는 삼진 퀘스트를 떠올리며 볼 배합을 구상했다.

콜드승에 12K를 같이 얻으려면, 5이닝 중 4이닝을 전부 삼진으로 잡으라는 건데…….

하나만 해야 된다면 콜드승이 먼저겠지만, 일단 해 보자고.

박용훈은 전형적인 우투우타에 172센티미터의 단신을 가진 리드오프형 타자였다.

진우는 비교적 리치가 짧은 박용훈을 상대로 철저하게 바깥쪽 승부를 이어 갔다.

퍼억!

부웅-

퍽!

고교 야구의 스트라이크존은 좌우 폭 역시 넓은 편이었다.

바깥쪽 꽉 찬 코스로 꽂히는 140 후반대의 속구는 박용훈이 건드리기엔 무리였다.

류현석의 3구는 커터였다.

슈우욱-

포심처럼 날아오다가 타자 눈앞에서 급격하게 몸 쪽을 파고드는 구종.

"윽!"

부웅-

"스트럭-! 아웃!"

로케이션과 타이밍을 전혀 맞추지 못한 박용근이 삼구삼진으로 물러났다.

속초상고의 후속 타자들 역시 어렵지 않게 삼진을 솎아낼 수 있었다.

"나이스! 공 좋다. 박용훈 빼면 사실 공략할 선수가 딱히 없어. 그냥 미트 보고 뿌려."

공수가 교대되면서 함께 달려온 진우가 미트를 내밀자, 현석이 씨익 웃으며 글러브로 미트를 툭 쳤다.

"오케이. 삼진 빡빡 잡히니까 던질 맛 난다."

지난 경기 콜드승을 통해 물이 오를 대로 오른 인천고 타선이었다.

1회 말, 속초상고의 선발 이정룡은 초반부터 호되게 두들겨 맞기 시작했다.

[인천고]
P 류현석
1 CF 국해진 우투양타 (2학년)
2 RF 최찬동 좌투좌타 (3학년)
3 LF 나요한 우투좌타 (1학년)
4 C 윤진우 우투양타 (1학년)
5 1B 김세완 우투좌타 (1학년)
6 DH 류현석 좌투우타 (1학년)
7 3B 김태우 우투우타 (1학년)
8 SS 박찬민 우투우타 (1학년)
9 2B 박윤수 우투좌타 (1학년)

숨 막히는 인천고 좌타 라인을 맞아, 특출할 것 없던 우투 이정룡은 완전히 무너지고 말았다.

단타로 출루한 국해진이 베이스를 훔치는 동안 끈질기게 파울을 쳐 내던 최찬동.

결국 안타를 때려 낸 최찬동 이후, 나요한의 루틴에 말려

투구 밸런스가 흔들리며 또 연속 안타.

진우를 고의사구로 걸러 내자, 김세완에게 싹쓸이 2루타.

상대 투수 류현석마저 2루타를 치고 나가는 지경이 되자, 전국대회 첫 등판이었던 이정룡은 눈물까지 글썽였다.

속초상고는 이정룡이 첫 아웃카운트를 잡고 나서야 투수를 교체했다.

1회 강판까진 예상치 못했는지, 준비가 덜 된 상태로 마운드에 오른 다음 투수는 3점을 내준 뒤에야 1회를 마칠 수 있었다.

무려 9 대 0.

압도적인 스코어로 2회를 시작한 윤진우-류현석 배터리는 이미 기세가 푹 꺾인 속초상고 클린업에게 2개의 삼진과 범타를 얻어 내며 손쉽게 이닝을 마칠 수 있었다.

약체라고 평가받던 속초상고였다.

아무리 그렇다 해도 이래도 되나 싶을 정도로 일방적인 경기가 이어졌다.

따악!

탁탁탁,

타악!

치고 달리고.

인천고의 공격은 좀처럼 끝나질 않았다.

무더위에 길어지는 수비로 지쳐 가던 속초상고 야수들

은, 겨우 공수 교대가 되고 나선 전의를 상실한 배팅으로 삼진 퍼레이드를 헌납했다.

그렇게 4회 말.

전광판엔 '21 대 0'이라는 믿기지 않는 숫자가 떠 있었다.

진우는 퀘스트 진행 내용을 확인했다.

콜드는 확정이나 다름없고.

지금까지 팀 홈런 4개에 삼진 9개니까…….

홈런 하나, 삼진 3개를 뽑아야 해.

이대로 간다면 인천고의 마지막 공격이 될 4회 말이었다.

타석에 들어선 진우가 숨을 한 번 고르더니, 배트를 최대한 길게 잡았다.

일단 홈런 하나부터 가자.

진우를 고의사구로 걸러 내는 것도 더 이상 의미가 없다고 생각했는지, 속초상고의 다섯 번째 투수는 혼이 빠진 얼굴로 공을 던졌다.

슈우욱-

[134km/h]

구속과 구종을 확인한 진우는 초구를 가만히 지켜보며 타격 포인트를 가늠했다.

당겨서 우측 펜스 넘기자.

몸 쪽으로 하나만 와라.

완전히 전의를 상실한 속초상고였다.

이젠 볼 배합이고 뭐고 없는지, 속초상고는 사인도 내지 않은 채 투구를 진행했다.

그렇게 3구를 지켜보던 진우는 기다리던 몸 쪽 패스트볼이 오자 여지없이 배트를 돌렸다.

후우웅-

탁!

가뜩이나 동체 시력이 뛰어난 진우였다.

그런 진우가 잔뜩 노리고 휘두른 배트에 공은 벌써 새카맣게 우중간을 찢을 듯 쏘아져 나갔다.

인천고 더그아웃에선 지치지도 않는지 다 쉰 목소리로 함성이 쏟아졌다.

"우측 담장! 우측 담장! 간다! 간다아아!"

"속초까지 가겠다, 야! 멀리도 가네!"

숭의 야구장을 장외로 넘겨 버린 대형 홈런이었다.

5타수 1안타 1홈런 1타점 4볼넷.

오늘 진우의 기록이었다.

진우가 유유히 홈을 밟고 들어온 뒤로도, 인천고 타선은 3점을 더 뽑아내고 나서야 이닝을 끝냈다.

인천고는 마지막 이닝을 책임질 투수로 진동준을 올렸다.

삼진을 잡기 위해 진우의 요청이 있었던 것인데, 제구가 좋은 진동준으로 변화구 위주의 승부를 갈 계획이었다.

"선배, 최대한 넓게 보고 각 큰 변화구 찍어 주세요. 삼진

3개 가 보시죠."

"너, 일부러 날 위해서······. 고맙다. 잘해 볼게."

진우는 어째서인지 목소리가 떨리는 진동준을 보며 살짝 의아해했지만, 이내 동준의 엉덩이를 툭 치고 캐처 박스로 달려갔다.

동준은 숨을 크게 들이마셨다 천천히 내뱉으며 관중석의 스카우트들을 슬쩍 바라봤다.

'날 더 돋보이게 해 주려고 삼진까지 신경 써 주다니. 실망시킬 수 없지.'

결연한 표정의 동준은 진우의 사인대로 최선을 다해 공을 뿌렸다.

속구와 체인지업 배합은 물론, 스트라이크존 모서리로 정확하게 꽂히는 스플리터는 속초상고 타선을 스탠딩 삼진으로 잡아내기 충분했다.

"스트라이익! 아웃!"

마지막 카운트를 타자 눈높이로 빼는 속구로 헛스윙 삼진을 잡아낸 뒤, 진우는 벌떡 일어나 두 손을 치켜들었다.

"예스! 잡았다!"

그리고 쏟아지는 보상 메시지를 기쁘게 확인했다.

[정규 경기 승리로 능력치가 상승합니다.]

[컨택 +1, 송구 +1]

[새로운 덱 효과가 추가됩니다.]

[제36회 봉황대기 전국고교야구 선수권대회 : 2회 이상 출전 선수가 라인업에 9명 이상일 때, 선수단 전원 모든 능력치 +2]

[퀘스트 보상이 적용됩니다.]

[이번 정규 경기에서 아래 기록을 달성할 시 보상 적용]

[2연속 콜드승 : 성공. 선수단 전원 모든 능력치 +1 (영구 적용)]

[팀 5홈런을 기록 : 성공. 타자 전원 파워 +2 (영구 적용)]

[팀 12K를 기록 : 성공. 투수 전원 제구 +2 (영구 적용)]

이번 퀘스트를 통해 모든 선수가 능력치 +1, 추가로 타자 전원 파워 +2, 투수 전원 제구 +2의 엄청난 보상을 얻게 된 거다.

훈련을 통해 능력치 1을 올리는 게 얼마나 어려운지 잘 알고 있는 진우였기에 모처럼 기쁨을 만끽했다.

마운드의 동준은 자기 일처럼 기뻐하는 진우를 보며 울컥했다.

그러곤 어깨를 들썩이며 달려와 진우를 껴안았다.

"으흐헉! 이 자식아, 고맙다."

모처럼 밝게 웃던 진우는 영문을 몰라 어리둥절해하면서도 동준의 등을 토닥이며 달랬다.

"역시 선배님 제구력은 넘사벽이라니까요."

"흑흑. 근데 넘사벽이 뭐냐?"

"아… 버스에서 알려 드릴게요. 아무튼 고생하셨어요. 진짜 멋졌습니다!"

"흐흑. 고맙다, 자식아."

최종 스코어 24 대 0으로 인천고의 콜드승이었다.

오늘 경기 MVP로 선정된 류현석은 지아에게 보내야 한다며 빨리 사진을 찍어 달라고 성화였다.

진동준은 세 타자 연속 삼진을 잡은 공을 기념으로 보관하겠다며 소중하게 챙겼다.

속초상고 선수들은 완연한 패배에 치를 떨었다.

"무슨 저런 팀이 다 있어? 어느 정도 싸움이 돼야 뭐라도 해 보지. 진짜 아무것도 못하고 졌어."

"게다가 왜 저렇게 하나같이 악바리야? 살벌하다, 진짜."

확실히 앞을 가로막는 건 다 부숴 버리겠다는 기세였다.

공수에서 짐승처럼 달려 대는 인천고 선수들은, 상대 팀에게 악몽처럼 다가왔던 것이다.

가장 먼저 난타를 당했던 선발 이정룡은 아직도 어깨를 들썩이고 있었다.

"다시는 만나기 싫다, 인천고……."

경기를 지켜본 뒤 빠져나가던 선동혁은 고개를 갸웃했다.

정장 차림의 사내가 빠른 걸음으로 앞서 나갔기 때문이었다.

"이 날씨에 뭔 정장이여? 겉멋만 들어 가지고. 응?"

그런데 사내가 통화하는 내용을 얼핏 들은 선동혁의 걸음이 빨라졌다.

"오늘도 안 나온 걸 보니까 냄새 맡은 게 분명하다니까요. 인천고, 게임 사이트에서 내렸습니까?"

누가 들어도 수상한 말이었다.

선동혁은 짐짓 딴청을 부리면서 정장 사내가 승차한 차의 번호를 머릿속에 새겨뒀다.

"인천 18나 4885… 4885."

그러곤 발길을 돌려 윤 감독에게 전화를 걸었다.

"어, 나 선동혁일세. 경기 잘 봤네. 어제 경기고가 부산공고 잡았으니 인천고랑 붙겠고마잉. 다치지 않게 관리 잘허소."

간단하게 통화를 마친 선동혁이 자신의 차를 향해 걸어가다가 멈칫했다.

"어따, 번호가 뭐였제? 48……. 워미, 까묵었구만. 요상헌 놈이었는디."

선동혁의 전화를 받은 윤 감독은 바로 최고석에게 전화를 걸었다.

"예, 접니다. 혹시 새로운 소식 있습니까?"

최고석은 다른 스카우트들을 바라보며 입맛을 다셨다.

(아직 없습니다. 그쪽에서도 눈치를 챘는가, 코빼기도 안 보이네요. 다른 구장에서도 소식 들어온 게 없어요.)

"하… 일단 알겠습니다. 수고 부탁드릴게요."

경찰과 검찰에서 직접 수사에 착수하려면 시일이 걸린다고 했다.

덕분에 전국의 스카우트들과 KBO, KBA 관계자들이 몸소 잠복(?) 중이었지만, 현장에 접촉하는 수상한 움직임을 잡긴 어려웠다.

촬영 팀을 증원해 모든 경기를 녹화하던 김아린 측에서도 별다른 수확은 없는 상태였다.

한편, 오랜만에 인천고의 전국대회 경기를 지켜본 니키는 압도적인 화력과 경기력에 놀라면서도 내심 불안함을 떨치지 못했다.

'지난 경기도 콜드승이었지? 경기가 빨리 끝나긴 했어도 오히려 평범한 9이닝 게임보다 체력 소모가 클 거다. 유의하지 않으면……'

진우로부터 소식을 전해 들은 양상웅은 곧바로 동산 이재성 감독을 협회로 소환했다.

이재성은 서진섭과 윤 감독에게 취조를 당했던 그대로 구본영, 김금룡 총재의 앞에서 다시 한 번 진술을 반복했다.

"여기까지입니다. 제가 아는 건 다 말씀드린 겁니다."

구본영은 역시나 강경한 태도로 일관했다.

"관련자들은 영구 제명되고 사법 처리까지 이어질 거요. 이 감독은 어느 정도 참작의 여지가 있을 수 있겠지만, 그건 어디까지나 일망타진이 가능할 때 얘기지."

김금룡은 특유의 알 수 없는 표정으로 '여지'를 강조했다.

"구 총재님 말씀이 맞아요. 일이 이렇게 된 이상, 그 여지를 위해서 이 감독도 적극적으로 협조해 줘야겠어요. 브로커를 불러낼 수 있겠어요?"

그런데 이재성의 얼굴에 곤란함이 떠올랐다.

"그게, 항상 일방적으로 연락이 오곤 했습니다. 하지만 그 최 사장을 바로 조사하면 되지 않겠습니까?"

이재성의 조심스러운 제안에 양상웅이 고개를 저었다.

"먼저 대놓고 조사를 들어가자니 그 작자가 꼬리를 자를 걸세. 증거 없이 무작정 조사하기엔 힘들다는 게 검경 입장이야."

김금룡이 말을 보탰다.

"어떻게든 연결 고리를 찾아야 한다는 건데……. 의심되는 타 팀이 있소?"

"글쎄요. 저도 당장 제 앞길만 생각하느라 그건……."

"이것 참, 곤란하군."

구본영이 인상을 찡그리면서 침묵이 돌자, 양상웅이 다시 입을 열었다.

"다방면으로 진을 치고 있는 상태이니까, 조만간 뭐든 하나 잡힐 겁니다. 그때 바로 움직일 수 있도록 철저히 준비하는 게 최선일 것 같습니다."

딱히 해결책이 나오지 않은 채, 이재성만 죄인이 된 모습으로 회의가 마무리됐다.

진우는 연이은 대승으로 한껏 고무되어 있는 선수들을 한 명씩 찾아다니며 피드백을 전했다.

"선배, 2회에 슬라이딩할 때 긁힌 것 같은데 괜찮으세요? 누가 뭐래도 선배가 인천고 리드오프니까 몸 관리 잘하셔야 합니다."

"덕분에 괜찮아. 고맙다."

"태우야, 오늘 호수비 진짜 좋았어. 3루 수비 부담되거나 하진 않고?"

"어차피 멀티 포지션 하나는 있어야 하는 거니까. 생각보다 할 만하더라구."

"이번 대회 끝나면 나랑 포수 제대로 해 보자. 잘 부탁해."

경기 이후에도 선수들을 격려하거나 세심하게 조언하는 걸 잊지 않는 진우였다.

진우는 정 코치에게 경기고 전력 분석을 당부했다.

"네임드 선수가 많아요. 아마 포텐 터지는 선수가 한둘이 아닐 겁니다. 루틴이나 사소한 습관까지도 알 수 있으면 좋겠어요. 잘 부탁드릴게요."

"걱정 마라. 네가 선수들 잘 끌어 주는 통에 나는 딱 전력 분석만 집중할 수 있으니까. 아마 내일 중으로 얼추 견적 나올 거다."

"감사합니다."

가벼운 마무리 훈련을 진행하는 동안 진우는 다음 경기에 대한 메시지를 다시 한 번 확인했다.

[새로운 퀘스트가 발생합니다.]

[상대 팀에게 병살타 3회 유도 : 선수단 전원 모든 능력치 +2 (영구 적용)]

[팀 희생타 3회 : 타자 전원 컨택 +2 (영구 적용)]

[팀 홀드 3회 : 투수 전원 변화구 +2 (영구 적용)]

이전 퀘스트 못지않게 엄청난 보상들에 진우는 입맛을 다셨다.

하나만 챙겨야 한다면 병살타 3회 유도가 우선이야.

게다가 삼진 퀘스트는 없으니, 완전히 맞춰 잡는 쪽으로 가야겠는데?

진우가 고민을 이어 가던 그때, 흩어져 몸을 풀던 선수단의 시선이 한곳으로 몰렸다.

"어? 어디서 많이 본 사람인데?"

"컥. 야! 선동혁이야! 선동혁이라고!"

곳곳에서 놀란 외침이 터져 나왔다.

선수들의 시선을 한 몸에 받으면서 등장한 선동혁은 곧장 진우에게 향했다.

"니가 윤진우여?"

뜬금없이 등장한 선동혁이었다.

심지어 무표정한 얼굴로 대뜸 물어 오자, 골똘하게 생각을 이어 가는 중이던 진우가 꿈에서 깬 사람처럼 선동혁을 쳐다봤다.

"요래 가까이서 봉게 참말로 자알생깃다."

"아… 안녕하세요."

정신 차려 보니 눈앞에 선동혁이 있음에 진우도 적잖이 당황한 눈치였다.

뭐지?

선동혁이 왜 여길?

현역 시절 명실상부한 대한민국 최고의 투수였던 선동혁.

은퇴 이후 지도자 수순을 밟으며 착실히 명성을 쌓는 중이었다.

그야말로 야구계의 살아 있는 전설을 눈앞에 마주하니,

파릇파릇한 인천고 선수들이 눈을 빛내며 모여들지 않을 수 없었다.

어지간한 연예인이나 아이돌보단 선동혁에 미치는 게 고교 야구 선수인 법이니까.

선동혁은 물끄러미 진우를 위아래로 훑어보더니 입을 열었다.

"내랑 얘기 쪼까 허세. 윤 감독은 어디 있는감?"

"아, 감독님은 일이 있어서 자리를 비웠습니다. 연락을 드릴까요?"

"됐네. 어지간히 급한 일인가 봉게. 어차피 니랑 얘기할라고 온 것이여. 커피 한잔 줄랑가?"

"예, 이쪽으로 오시죠."

선동혁이 진우를 따라 감독실로 걸음을 옮기자, 선수들은 아쉬워하는 기색이 역력했다.

"와… 지금 선동혁 지나간 거 맞지?"

"하다 하다 이젠 선동혁이 직접 찾아 오냐. 잠깐만. 선동혁 선배님, 지금 국대 감독님이시지 않냐?"

"헉! 그럼, 설마……?"

선수들이 눈을 동그랗게 뜨고 마주 봤다.

코칭스태프와 대충 인사를 나눈 선동혁은 진우와 둘이 감독실에 들어섰다.

그리고 자기 집 안방에 온 것처럼 세상 편한 자세로 의자에 기대앉았다.

선동혁이 커피를 홀짝이며 입을 열었다.

"딱이고만."

"서진섭 감독님 계실 때 커피 좀 탔습니다."

"그냐? 서진섭이가 여그 감독이었구마잉. 어째, 준비는 잘돼 가고?"

선동혁은 특유의 느긋한 자세로 일관하면서도 사람을 꿰뚫어 보는 듯한 눈빛은 잃지 않았다.

진우 역시 그 눈빛을 온몸으로 받으면서 긴장을 풀지 않았다.

특급 선수라 그런가, 기세 자체가 다르다.

무슨 일로 온 거지?

"다음 경기 말씀이십니까? 예, 오늘 경기를 토대로 잘 준비할 수 있을 것 같습니다."

선동혁은 진우의 대답을 듣고 고개를 살짝 비틀었다.

말투 역시 조금은 달라져 있었다.

"윤 감독이 얘기럴 안 했고마잉. 너 국대 포수 보는 거 말이여."

뜻밖의 말에 진우가 벙쪄 있자, 선동혁이 말을 이었다.

"벌써 몇 주는 된 것 같은디. 뭐, 대회 끝나고 얘기헐 생각이었겠제. 바람 들어갈까 비."

"다음 달 세계대회 말씀하시는 겁니까?"

"그라제. 김광훈이, 정일영이 원투펀치에 동성고 양현주, 경남고 이상현. 전 구단 1차 지명 투수는 다 부르기로 됐제."

가만히 이름을 되새기던 진우는 내심 놀라지 않을 수 없었다.

한 경기 상대할 때마다 벅찼던 투수들인데, 국대에 다 모인다고?

그리고 그런 대표 팀 포수를 보라고?

진우가 잠자코 있자, 선동혁이 다시 입을 열었다.

"투수진 짱짱허제? 헌디 고것이 끝이여, 끝. 나가 볼 때 내야고 외야고, 탐탁지가 않어야. 스카우트 팀장덜 만나서 2차 지명 점찍은 놈들 위주로 둘러봐도 영 내키질 안혀."

진우는 선동혁의 말에 동의했다.

당장 올해 3학년 중에선 훗날 이름 좀 날릴 이렇다 할 야수가 없는 게 사실이었다.

오히려 1, 2학년 중에서 잠재력을 가진 선수가 태반이었다.

국가대표 감독 입장에선 잠재력보단 당장의 완성도를 보고 선수를 차출해야 했다.

고민일 수밖에 없을 부분이었다.

진우는 선동혁의 안목에 내심 감탄하며 신중하게 말을 꺼냈다.

"따로 눈여겨보신 선수들을 차출했다간 완성도가 떨어

질까 걱정이신 겁니까?"

날카로운 진우의 질문에 선동혁의 눈매가 더 매서워졌다.

'풋내기 주제에 정확허게 보고 있고만.'

"얼추 비슷하제. 그랑게 진우 네가 인천고 짜임새를 맹글어 가는 걸 유심히 봤던 것이여. 어쩨, 너도 눈여겨본 선수들이 솔찬히 있을 것인디?"

한번 떠보는 느낌으로 선동혁이 운을 떼자, 진우는 망설이지 않고 줄줄 라인업을 외웠다.

"1루수 김세완, 2루수 김선진, 3루수 채은혁, 유격수 오지혁, 좌익수 나요한, 중견수 국해진, 우익수 우서균."

이번엔 선동혁이 잠자코 진우가 읊은 라인업을 가만히 되새겼다.

'허… 내가 올 줄 모르고 있었는디, 한두 명도 아니고 풀 라인업을 줄줄 외운 거여? 심지어 나가 눈여겨봤던 놈들만 골라서?'

몇 분이나 지났을까.

한참을 말없이 빈 커피 잔만 응시하던 선동혁이 입을 열었다.

"그란디……. 어쩨 포수는 빼놓고 말한 것이여? 이렇다 할 놈이 없는 거여?"

그러자 진우가 말없이 빙긋 웃으며 오른 주먹으로 자기 가슴을 가볍게 툭 쳐 보였다.

선동혁은 시원하게 웃음을 터뜨렸다.

"카하하하. 요것이, 보통내기가 아니여! 카하하하. 맘에 들어, 맘에 들어. 이만 가네. 컨디션 관리 잘허고."

"윤 감독님껜 말씀 남겨 놓겠습니다. 먼 길 와 주셔서 감사합니다."

앞장서 감독실을 나가던 선동혁은 공손한 진우의 인사에 손사래를 쳤다.

"아녀. 나도 헛걸음이 아니었응게. 아, 참. 요즘 야구판에 뭔 일 있는 것이여? 영 분위기가 딴판이던디."

곳곳에서 진을 치고 기다리는 판이었으니, 내막은 잘 몰라도 이상한 낌새는 느낀 모양이었다.

진우는 간단하게 답을 전했다.

"예. 곧 아시게 되겠지만, 승부 조작이 있었습니다. 그래서 브로커 잡으려고 백방으로 노력 중이고요."

"뭐시여? 고것이 참말이여?"

우뚝 멈춰 선 선동혁을 향해 진우가 씁쓸하게 웃었.

선동혁은 눈을 위로 치켜뜨고 중얼거렸다.

"오늘 그러지 안혀도 영 수상쩍은 놈얼 봤는디. 경기장에서 말이여."

"예? 정말입니까?"

실마리라도 건져야 하는 진우로서는 내심 기대를 가지게 하는 말이었다.

선동혁은 눈을 치켜뜬 채 오만상을 찌푸렸다.

"18… 사팔… 씨팔, 뭐였는가?"

선동혁이 느닷없이 상욕을 중얼거리자, 진우는 반걸음 정도 뒤로 물러섰다.

선동혁이 손사래를 쳤다.

"아니, 고것이 아니고. 나가 그놈 차 남바를 유심히 봤어야. 십팔에 사팔 뭐였는디……. 거, 새끼 번호까정 거시기헌 놈이고마잉."

그제야 상황을 이해한 진우는 선동혁을 재촉하기 시작했다.

"정말입니까? 혹시 정장 차림에, 눈이 좀 째진 사내였습니까?"

"이이! 맞어야. 딱 고 새끼였고마잉!"

"맞습니다! 번호! 번호가 뭐였습니까?"

"그랑게 고것이, 씨이펄……."

"십팔 뭐였습니까?"

선동혁이 운동장에 나타나자, 다시 슬금슬금 모여든 선수들은 진우가 뱉은 말을 듣고 화들짝 놀랐다.

"아무리 잘나간다고 해도 선동혁한테 욕을 해도 되는 거냐?"

"잘못 들은 거겠지. 무슨 일이 있는 것 같은데?"

이어진 선동혁과 진우의 대화는 선수들을 더 깜짝 놀라게 만들었다.

"가만있어 봐야. 떠오를랑 말랑 허는디……."
"일단 십팔 확실한 거죠?"
듣기에 따라 충격적인 대화일 수 있는 부분이었다.
현석은 등줄기에 식은땀을 흘렸다.
"커헉. 어떻게 저런 말을……."
"무슨 상황이냐. 이게……."

Chapter 14

이틀 후, 동대문 경기장.

경기고와의 16강전이었다.

인천고는 2학년 최은강을 선발로 내세웠다.

2연투를 한 류현석 대신 최은강을 올리고, 진동준-김명수를 대기시키는 작전이었다.

진우는 다시 한 번 퀘스트를 확인했다.

[새로운 퀘스트가 발생합니다.]

[이번 정규 경기에서 아래 기록을 달성할 시 보상 적용]

[상대 팀에게 병살타 3회 유도 : 선수단 전원 모든 능력치 +2 (영구 적용)]

[팀 희생타 3회 : 타자 전원 컨택 +2 (영구 적용)]

[팀 홀드 3회 : 투수 전원 변화구 +3 (영구 적용)]

홀드를 3회 하려면 5회 승리 투수 요건을 갖춘 뒤 6, 7, 8 매이닝 투수 교체가 있어야 된다.

9회를 막아 줄 투수 역시 필요한 부분이었다.

여간 까다로운 게 아니었다.

게다가 매 이닝 점수가 3점 차 리드 이하를 유지해야 하는 까다로운 조건.

진우는 모든 투수의 변화구를 영구적으로 3이나 올려 주는 보상을 쉽게 외면하지 못했다.

일단 병살타 잡아내는 걸 최우선으로 하고, 그다음이 희생타야.

홀드는 상황 봐서 움직여 봐야겠어.

전광판의 라인업으로 시선을 옮긴 진우는 숨을 크게 들이마셨다.

팀 랭크가 A-니까, 이전 경기들처럼 쉽진 않을 거야.

경기고 선발은 좌투좌타 최성웅이었다.

178센티미터, 72킬로그램의 2학년치고는 비교적 작은 체구.

하지만 역동적이면서도 안정적인 투구 폼 덕분에 자신의 구위를 최대한 살려 내는 투수였다.

또 진우와 레드 트윈스에서 한솥밥을 먹었던 동료이기도 했다.

진우는 애틋한 눈길로 최성웅을 바라봤다.

씩씩하게 공 잘 던지는 선배였지.

07년 봉황대기에서 노히트노런도 했었지, 아마?

1번의 오지혁과 4번 백창훈 역시 진우의 레드 트윈스 동료였기에, 새삼 기분이 묘했다.

정작 저 양반들은 날 못 알아볼 거 아냐?

까까머리의 오지혁을 물끄러미 바라보던 진우가 피식 웃었다.

그러곤 표정을 바꾸고, 관중석 주변을 훑었다.

곳곳에서 사복 차림의 경찰과 각 관계자들이 눈에 띄었다.

최고석 역시 눈을 부릅뜨고 마운드를 노려보는 중이었다.

그런데 최고석은 유난히 긴장한 기색이었다.

자세히 살펴보니, 바로 옆에 선동혁의 모습이 눈에 들어왔다.

선동혁은 진우와 눈이 마주치자, 손을 한 번 흔들며 씨익 웃어 보였다.

전날 결정적인 실마리를 제공한 선동혁이었다.

진우는 꾸벅 고개를 숙여 보인 뒤, 마운드를 바라봤다.

최성웅은 140 중반대까지 나오는 패스트볼로 우타자 몸쪽을 공략한 뒤, 낙차 큰 변화구로 타이밍을 뺏는 게 장점인 투수였다.

미리 공략을 일러두긴 했지만, 진우는 고전을 예상했다.

자신을 포함해 좌타자가 5명에 달했기 때문이었다.

다행히 우타석에 들어선 1번 국해진이 1루타를 뽑아내며 선두 타자 출루에 성공했다.

하지만 좌투수 최성웅의 견제가 견고했다.

국해진은 도루를 시도하지 못했고, 2번 최찬동은 9구까지 가는 승부 끝에 병살타를 때리고 말았다.

2사.

나요한이 아쉬운 외야 플라이로 물러나면서, 공수가 교대됐다.

북일고와 속초상고전에 비하면 맥없는 공격이었다.

"나이스! 가자, 경기!"

"가자, 가자!"

막강 인천고 타선을 깔끔하게 막아 낸 최성웅이 주먹을 불끈 들어 보이며 들어갔다.

이에 질세라, 최은강이 파이팅을 외치며 달려 나갔다.

진우는 선발 최은강, 그리고 경기고 1번 오지혁의 프로필을 열었다.

[인천고 / 랭크 A+]
■ 최은강 ↗ / 랭크 C+ (2학년. 우투우타. 194cm, 88kg)
■ 선호 포지션 : 선발 투수SP

■ 능력 : 오버롤 85

구속 79 제구 78 변화구 95 체력 80 멘탈 93

■ 특성 :

-철완 Lv2 : 매 이닝 종료 시 제구, 체력 +4

-곡사포 Lv2 : 횡변화구의 각도가 증폭. 변화구 +4

-땅볼 머신 Lv1 : 땅볼로 범타를 유도할 확률이 높아짐. 낮은 공 제구 +2

[경기고 / 랭크 A-]

■ 오지혁 ↑ / 랭크 A (1학년. 우투좌타. 183cm, 82kg)

■ 선호 포지션 : 유격수SS

■ 능력 : 오버롤 82

컨택 72 파워 91 주력 77 수비 81 송구 92

■ 특성 :

-지배자 Lv2 : 히든 스탯 기세에 따라 수비 실책율이 큰 폭으로 변동. 수비 ±10

-하드 펀처 Lv2 : 2루타 이상 장타 확률이 높아짐. 높은 코스의 공에 한해 컨택 +4

-하이퍼 스윙 Lv1 : 주자 득점권에서 파워 +4, 컨택 −2

프로필을 골고루 살핀 진우는 피식 웃음이 새어 나왔다.

지배자?

누가 오지혁 아니랄까 봐, 너다운 특성이다.

모든 버프 효과가 적용된 최은강의 능력치는 류현석 다음으로 눈에 띌 정도였다.

[구속 99 제구 98 변화구 115 체력 100 멘탈 114]

은강 선배가 변화구 하나는 기가 막힌다니까.

최은강의 연습구를 몇 번 받아 본 진우가 엄지를 치켜세웠다.

최은강이 글러브를 살짝 들어 올리는 것으로 오지혁과의 대결이 시작됐다.

우투 최은강은 아직 2학년임에도 벌써 신장이 194센티미터에 달했다.

일단 타자와의 기 싸움에서 먹고 들어가는 거였다.

경기고의 좌타 오지혁은 짙은 눈썹을 모아 찡그리며 신중하게 공을 기다렸다.

최은강은 진우와 나눴던 말을 상기하며 그립을 쥐었다.

'무조건 낮게. 바운드가 되더라도 낮게.'

하지만 오히려 너무 의식한 탓인지, 최은강의 손끝을 떠난 공은 진우가 머리 위로 미트를 들어 겨우 잡을 정도로 들어갔다.

오지혁의 특성이 높은 공에 강하다는 걸 알고 있는 진우는 곧바로 양팔을 날갯짓하듯 신호를 보냈다.

힘 빼고 낮게.

140 초반의 높은 패스트볼을 그냥 흘려보낸 게 못내 아쉬운지 오지혁은 입맛을 다셨다.

숨을 한 번 고르고 최은강이 뿌린 제2구는 커브였다.

194센티미터의 장신이 가질 수 있는 장점을 최대한 살리기 위해 극단적인 오버핸드 투구 폼을 익힌 최은강이었다.

덕분에 커브는 말 그대로 폭포수처럼 엄청난 낙폭을 가질 수 있었다.

부웅-

오지혁이 마음먹고 배트를 돌려 봤지만, 상상 이상으로 내리꽂히는 커브에 크게 헛치고 말았다.

그러곤 바로 고개를 돌려 진우의 미트를 바라봤다.

오지혁은 자신의 발목 높이까지 공이 떨어졌다는 사실을 믿을 수 없어 하는 눈치였다.

초반 제구가 살짝 불안했지만, 진우는 투구 템포가 끊기지 않도록 바로바로 사인을 냈다.

제3구는 똑같은 코스에 똑같은 구질, 커브였다.

커브 다음에 커브.

슬라이더 다음에 슬라이더.

변화구 위주의 볼 배합으로 갈 때, 이게 의외로 가장 효과적인 볼 배합이라는 걸 메이저리그 통계에서 찾아볼 수 있다.

오지혁이 좋아하는 공과 싫어하는 공까지 꿰고 있는 진우였다.

인천고 배터리는 수싸움에서 앞서 나갔다.

빠른 볼 다음에 느린 볼이 들어오자, 타격 타이밍을 잡기 어려워하던 오지혁은 똑같은 코스의 커브 볼에 배트가 따라 나왔다.

"윽!"

탁!

무게중심이 흐트러지며 나온 타구는 힘없이 2루수 앞으로 굴러갔다.

슈우욱-

"아웃!"

2루수가 어렵지 않게 처리하면서 순조롭게 첫 타자를 잡아낸 최은강이었다.

자신감과 제구를 찾은 최은강은 점점 낮은 코스에 영점을 맞췄다.

영점이 잡히자 공은 내리찍히듯 박히기 시작했다.

슈아아악-

턱!

슈우우욱-

틱!

원체 릴리즈 포인트가 높은 데다 빠른 템포로 투구가 이어졌다.

 그러자 경기고 타자들은 좀처럼 자기 타격을 가져가지 못하며 삼자범퇴로 물러났다.

 2회 초.

 4번 타자 진우가 선두 타자로 타석에 들어섰다.

 병살타, 희생타, 홀드는 팀이 해 줘야 할 부분이고, 지금은 무조건 장타로 기세를 꺾어야 해.

 지난 두 경기 동안 막강 화력을 보여 준 인천고였다.

 그런 인천고가 1회 삼자범퇴로 물러난 것은 아무래도 여태껏 잘 만들어 온 기세를 주춤하게 만들 수 있었다.

 발을 단단히 고정한 진우가 마운드를 노려봤다.

 최성웅은 속구를 던질 때랑 변화구를 던질 때 디셉션이 달라.

 패스트볼 한번 노려보자고.

 디셉션은 투수가 공을 던지기 전 공을 숨기는 자세, 일종의 루틴이었다.

 투수마다 투구 폼이 다르듯 디셉션 역시 차이가 있었다.

 좌완 최성웅은 공을 쥔 왼손을 완전히 몸 뒤에 가리듯 내렸다가, 튕기듯 들어 올리는 폼을 가지고 있었다.

 그리고 포심 패스트볼을 던질 땐 힘이 들어간 어깨가 빨리 열리는 특징도.

아직 긴가민가해서 다른 타자들에겐 얘기하지 않았지만, 프로 7년 차 진우의 예리한 눈길은 틀리지 않았다.

2구까지 느린 변화구를 던진 최성웅의 3구.

어깨가 조금 빨리 열리기 시작했다.

진우는 오른 다리를 받쳐 놓고, 바깥쪽 패스트볼을 간결하게 당겨 쳤다.

따아악!

짧은 스윙이었다.

하지만 진우가 노린 코스 그대로 공은 1루 파울 라인을 따라 우중간 깊숙이 흘러갔다.

우익수가 발이 제일 느리니까.

탁탁탁!

경기고 우익수가 공을 쫓는 동안, 진우는 2루를 향해 쇄도했다.

그리고 2루수가 공을 받을 때쯤, 진우는 속도를 줄이지 않고 3루까지 내달렸다.

탁탁탁!

촤아아악-

턱.

"세잎! 세잎!"

"그렇지!"

"시작이다. 가자! 가자!"

후, 아슬아슬했다.

이걸로 분위기 좀 달라졌겠지?

진우가 슬라이딩으로 유니폼에 묻은 흙을 털어 내는 동안, 5번 김세완이 타석에 들어서며 진우를 바라봤다.

'희생타 노릴까? 아니면 짧게?'

세완이 눈으로 묻자, 진우는 양손을 한 번 들어 보인 뒤 희생 플라이 사인을 냈다.

[인천고 / 랭크 A+]
■ 김세완 ↑ / 랭크 B- (1학년. 우투좌타. 179cm, 82kg)
■ 선호 포지션 : 1루수1B
■ 능력 : 오버롤 81
컨택 75 파워 91 주루 74 수비 86 송구 82
■ 특성:
-뜬금포 Lv2 : 2사 이후 주자 없을 시 장타 확률 상승. 컨택 +4, 파워 +4
-하이퍼 스윙 Lv1 : 주자 득점권 상황에서 파워 +4, 컨택 -2
-파워 레그킥 Lv2 : 2S 이후 컨택 +4, 파워 +4

진우의 사인을 접수한 세완이 고개를 끄덕였다.

김세완은 진우처럼 레그킥이 없이 무게중심을 뒤축에

둔 채, 강한 허리 힘으로 스윙하는 스타일이었다.

덕분에 공을 오래 볼 수 있어 변화구 대처가 좋았다.

타고난 손목 힘도 수준급이어서, 라인 드라이브성 타구를 잘 뽑아냈다.

세완은 진우에게 귀에 못이 박히도록 들었던 말을 떠올렸다.

'2S까지 지켜보고 때리자. 자신감 있게.'

간단명료한 걸 좋아하는 세완이었다. 진우는 틈만 나면 세뇌를 시켜 놨었다.

"내 힘이 100이라면, 넌 120이야. 2S까지 몰려도 네 스윙만 가져가면 절대 밀리지 않으니까, 어지간하면 2S이후에 돌려."

복잡하게 설명하면, 말로는 알았다고 해도 사실 전혀 이해하지 못하는 세완이었으니까.

실제로 2S 이후 출루율이 가장 높은 세완이었다.

세완은 진우의 말을 철석같이 믿었다.

신중하게 공을 지켜보던 김세완이 최성웅의 4구를 부드럽게 올려쳤다.

딱!

희생 플라이를 의식해 당겨 친 타구였다.

공은 우익수가 가만히 서서 잡는 코스로 날아갔고,

터억!

경기고 우익수가 공을 캐치하는 순간, 진우가 홈으로 내달렸다.

탁탁탁-

두어 발 여유 있는 차이로 진우가 홈에 들어오면서 드디어 인천고가 선취 득점을 가져갔다.

분위기는 인천고 쪽으로 서서히 기울기 시작했다.

"그렇지이! 이제 우리 차례다!"

"점수 팍팍 내자고!"

최성웅은 분투했지만, 인천고 하위 타선에 연속 안타를 허용했다.

추가로 2점이 난 뒤에야 2회 초가 마무리됐다.

경기장에 도착한 최고석은 바로 진우를 찾아 진행 상황을 전했다.

"브로커로 추정되는 용의자 차량 조회 들어갔다더라. 조만간 좋은 소식 있을 것 같다."

뜻밖의 소식에 진우는 모처럼 밝게 웃으며 감사를 표시했다.

"애 많이 쓰셨을 텐데 감사합니다. 총재님도 눈여겨보실 거예요."

"흐흐흐, 경찰 된 것 같고 재밌더라. 아무튼 경기 집중하고, 또 연락하지."

아침부터 바쁘게 움직인 최고석은 스카우트 자리에 앉아 한숨을 돌렸다.

최고석은 사건 해결에 결정적인 역할을 하고 있다는 사실에 한껏 뿌듯해하는 표정이었다.

마침 김아린이 다가와 안부를 물었다.

"뭐 좋은 일 있으신가 봐요. 두목님 얼굴이 피셨네?"

"좋은 소식 있을 거요. 기사 쓸 준비 잘하고 계쇼. 다른 경기에선 뭐 잡힌 거 없어요?"

모든 경기를 녹화하고 있다는 걸 아는 최고석의 질문이었다.

김아린은 고개를 저었다.

"증거 자료로 쓴다고 녹화만 하는 거지, 막상 조작 의심되는 정황은 봐도 잘 모르죠. 아무래도 고교 야구이니까요."

김아린의 말대로였다.

한 해에도 두세 번씩 노히트노런급 경기가 나오는 게 고교 야구의 수준이었다.

실제 조작이 이뤄졌다고 해도 단번에 알아채기는 쉽지 않았다.

김아린이 말을 이었다.

"그래도 특종 하나 잡는 거죠. 두목님 말대로 잘 풀린다면요."

"그렇지. 특종이지. 흐흐흐."

최고석은 브로커를 자기 손으로 잡아낼 생각에 벌써 입꼬리가 스윽 올라갔다.

'이걸로 윤진우 영입에 결정적인 건수 하나 올리겠어.'

박철진은 연일 달라지는 경기장 분위기에 당황한 기색이 역력했다.

"단단히 물었는데? 이거 걸리면 끝장이다. 이재성 이 새끼는 왜 전화를 안 받아?"

예정대로라면 본격적인 조작이 시작되면서 서로 조율에 들어가야 할 타이밍이었다.

그런데 실시간으로 배당률과 수익을 맞춰야 하는 타이밍에 전화가 불통이니, 답답해 미칠 지경이었다.

계속해서 전화를 걸던 그때, 통화음이 멈췄다.

"여보세요? 이 사장? 이봐요, 일 이런 식으로 할 거요?"

이재성은 일부러 기침 섞인 목소리로 말했다.

(…미안합니다. 몸살이 좀 나서.)

영 좋지 않아 보이는 목소리에 박철진은 빠르게 말을 늘어놓았다.

"지금 분위기가 안 좋아요. 그래도 아직은 저쪽에서 헛치고 있는 것 같으니까, 몸 좀 사리면서 갑시다. 잘 진행되고 있어요?"

박철진은 사이트를 일본 도메인으로 걸고, 계좌는 대포통장으로 돌려쳐 이중 삼중으로 둘러놓았다.

지금 통화를 하는 전화기도 대포폰이었으니, 그리 크게 위기감을 느끼진 않았다.

이재성도 최대한 티 나지 않게 말을 받았다.

(확인했고, 이상 없어요.)

"인천고 낌새가 이상한데, 혹시 눈치챈 것 같진 않습니까? 개입한 선수가 전부 빠졌던데요."

(글쎄, 그것까진 내가 알 수가 없고. 우리는 문제없어요. 그건 그렇고, 돈을 좀 더 받아야겠는데.)

이재성의 말에 박철진이 코웃음을 쳤다.

"뭐요? 아니, 일 다 끝나면 모를까 지금 그게 할 소립니까?"

(당신이 말했잖소. 분위기 안 좋다고. 돈 더 안 주면 나도 발 뺄 거요.)

"하하하하. 이 사장님, 제가 말씀드렸을 텐데요? 그랬다간 이 바닥을 떠야 할 거라고."

이재성은 다시 한 번 배짱을 부렸다.

(그거야 두고 볼 일이지. 대진표 보니까 우리가 인천고랑 붙을 것 같던데, 제대로 할 생각이면 5백 더 가지고 한번 봅시다.)

"허……."

말문이 막힌 박철진은 다시 통화하자는 말을 끝으로 전화를 끊었다.

"이 새끼가!"

그리고 냅다 전화기를 집어 던졌다.

한참을 씩씩거린 뒤, 박철진은 다시 한 번 사이트의 수익을 확인했다.

32강과 16강까지 오는 동안 수익률은 제법 괜찮았다.

여기서 고교 야구 인기몰이의 주인공인 인천고와 동산까지 발을 뺀다면…….

"어쨌든 한번 보긴 해야겠어."

리드를 만들어 낸 인천고는 수비에서도 안정적인 모습을 이어 갔다.

경기고 4번을 치는 우타 백창훈은 180센티미터가 안 되는 작은 체구에도 펀치력이 있는 타자였다.

진우는 바깥쪽 인앤아웃 사인으로 삼진을 잡아낼 수 있

었다.

 병살타를 유도해야 하는데?

 그렇다고 일부러 안타를 맞을 수도 없고.

 막상 경기가 잘 풀리기 시작하니, 진우는 고민 아닌 고민을 할 수밖에 없었다.

 다른 퀘스트는 몰라도 병살타 3개만큼은 1순위로 얻어내야 한다는 생각이었기 때문이었다.

 그런데 좋은 생각이 들었는지, 진우는 최은강의 강점인 변화구 대신 몸 쪽 패스트볼 사인을 냈다.

 제구가 비교적 좋지 않은 최은강이었다.

 그렇다 보니 자연스레 몸 쪽 승부를 기피하는 성향이 컸다.

 그런 마인드 때문에 몸 쪽을 던졌다 하면 몸에 맞거나 안타를 허용하기 일쑤였다.

 진우는 이참에 아예 실전에서 어느 정도 극복해 보자는 생각이었다.

 약간의 위험부담은 있지만, 전원 모든 능력치 +2의 보상이라면 감수할 만해.

 몸 쪽 사인이 나오자, 최은강이 고개를 한 번 갸웃했다.

 하지만 진우를 의심하진 않았기에 이내 클린업을 상대로 몸 쪽 바짝 승부를 가져갔다.

 '언제 진우 말 들어서 잘 안 된 적 있나? 미트만 보고 던지자고.'

최은강이 철저하게 바깥쪽 승부를 이어 갈 거라고 대비해 온 경기고 타자들 역시 당황하는 눈치였다.

 진우는 잘 쳐 봤자 단타에 그칠 법한 몸 쪽 코스로 미트를 대기했다.

 그리고 안타가 나오면 또 바깥쪽을 공략하는 식으로 경기를 풀어 갔다.

 그렇게 경기고로부터 5회까지 병살타 2개를 얻어 내는 동안, 진우는 타석에서도 멀티 히트를 기록하며 활약했다.

 3대 0.

 6회가 되자, 인천고 마운드에 오른 투수는 진동준이었다.

 "오늘 선배님, 한 이닝만 갈게요. 완전히 기세 꺾어 버리게 전력투구로 부탁드립니다."

 단단한 진우의 말에 동준의 얼굴에 못내 아쉬운 기색이 떠올랐다가 사라졌다.

 "걱정 마라! 이 쨤밥에 한 이닝쯤이야, 퍼펙트지!"

 가볍게 주먹을 부딪친 둘은 파이팅 넘치는 배터리 호흡을 보여 줬다.

 우투 최은강의 투구에 적응하나 싶었는데, 이번엔 핀 포인트 제구로 나름 유명세를 타고 있는 좌투 진동준이었다.

 경기고 벤치가 술렁였다.

 "벌써 진동준을 올리네. 하……."

 "류현석 다음으로 저 둘이 제일 호흡이 잘 맞던데, 큰일

이야."

 진동준은 최고 구속이 140을 겨우 넘는 정도였다.

 하지만 진우가 원하는 코스로 공을 던지는 데에는 어떤 투수보다도 뛰어났다.

 그리고 경기고 벤치의 우려처럼 진우와 동준의 배터리 호흡은 현석 다음으로 가장 효율이 좋은 상황이었다.

 동준은 진우의 미트를 따라, 기가 막힌 코너워크로 연신 헛스윙과 스탠딩 삼진을 이끌어 내며 6회를 지워 버렸다.

 동준과 하이파이브를 하면서 더그아웃으로 들어온 진우는 퀘스트를 정리해 봤다.

 병살타 하나, 희생타 2개, 홀드 2개 남았어.

 이대로라면 전부 다 챙길 수도 있겠는데?

 그런데 6회 말, 인천고가 최성웅을 상대로 2점을 더 뽑아내면서 문제가 생겼다.

 5 대 0의 리드로는 홀드를 챙길 수가 없기 때문이었다.

 3점 차 이내에서 1이닝을 막았을 때, 그러니까 세이브와 같은 조건일 때 홀드가 발생하는데 이미 2점을 초과한 상황.

 진우는 윤 감독에게 제안을 했다.

 "감독님, 이번 경기 이길 자신 있습니다. 타자 플래툰으로 키워 왔던 것처럼, 투수도 그렇게 올려 보는 게 어떨까요?"

 윤 감독이 잠시 고민했다.

 그렇지 않아도 3학년의 대거 졸업을 앞두고 리빌딩까지

고려해야 하는 상황이었다.

윤 감독이 되물었다.

"네가 볼 땐 누가 나을 것 같으냐?"

"저희 팀은 언더 투수가 너무 없어요. 1학년 영경이 한번 내보내서 1이닝 맡겨 보고, 여차하면 명수 선배 올리면 좋겠습니다. 마무리는 진용 선배로 가고요."

"그렇게 가 보자. 배영경! 준비해!"

인천고 유일의 우완 언더 투수인 배영경은 전국대회 첫 출전 대기가 떨어지자 부리나케 불펜으로 달려갔다.

다행히 경기고에서 투수 교체가 있어 충분히 몸을 풀 수 있었던 배영경은 7회 초 마운드에 올랐다.

진우는 자신감 있는 투구를 주문했다.

"몇 점 내줘도 괜찮으니까, 네 공 던져. 쫄지 말고. 가자!"

"오케이!"

언더 투수답게 구속은 130대 초반에 머물렀지만, 안정적인 투구 밸런스가 장점인 배영경이었다.

진우는 완급 조절보단 좌우 폭이 큰 볼 배합으로 승부를 이어 갔다.

그런데 배영경은 첫 출전이라 긴장을 떨칠 수 없었던 모양이었다.

올라오자마자 내리 연속 안타를 허용하며 3실점을 했다.

그러자 곧바로 벤치가 움직였다.

7회 초, 5 대 3. 2점 차 승부.

진우가 벤치를 바라봤다.

윤 감독의 사인은 김명수가 준비됐으니, 교체 타이밍을 잡으라는 내용이었다.

하지만 진우는 고개를 저었다.

퀘스트 보상을 얻으려면 이대로 이번 이닝을 막아야 해.

"타임!"

마운드로 올라간 진우가 영경의 어깨를 툭 치며 빙긋 웃었다.

"이제 몸 좀 풀렸냐? 내가 책임지고 너 안 바꿀 거니까, 시원하게 막고 같이 내려가자."

인천고 선수치고 진우가 믿어 주는 것만큼 든든한 일도 없었다.

배영경은 고개를 끄덕이면서도 루상을 채우고 있는 경기고 타자들을 쳐다봤다.

무사 1, 3루.

아웃카운트 없이 동점 주자까지 나간 상황.

자칫하면 역전까지 허용할 수 있는 위기였다.

진우는 한마디를 더 던진 뒤, 몸을 돌렸다.

"다른 데 볼 거 없어. 미트만 보고 던져."

조금은 자신감을 되찾은 영경이 진우의 사인을 신중히 받은 뒤, 와인드업에 들어갔다.

그런데 초구가 좌타자 바깥쪽으로 빠져 들어온 그때였다.

공을 받은 진우가 순식간에 공을 3루로 뿌렸다.

쐐애애액-

뻐엉!

3루수 김태우가 당황할 정도로 빠른 공이었다.

얼떨결에 뻗은 글러브는 그대로 경기고 3루 주자의 몸에 자동 태그가 됐다.

"태그 아웃!"

3루수에게 신호도 보내지 않은 채, 진우가 단독 감행한 기습적인 3루 견제였다.

견제는 보기 좋게 먹혀들었다.

"이에에에!"

"그렇지! 하나 잡았다!"

살짝 흔들리던 인천고의 분위기가 다시 달아오르기 시작했다.

3루 주자가 사라지면서 한결 마음의 짐을 덜어 낸 배영경은, 특유의 솟아오르는 공을 좌우로 뿌리며 병살타를 유도해 냈다.

그렇게 길어질 것 같았던 수비는 단숨에 끝났다.

위기를 넘긴 배영경은 진우에게 양손으로 엄지를 치켜세워 보이며 밝게 웃었다.

"네가 3루 안 잡아 줬으면 진짜 힘들었을 거야. 고맙다,

진짜로. 최고!"

3루 수비를 보던 김태우는 아직도 놀란 표정으로 진우에게 달려왔다.

"눈짓이라도 주지! 기절할 뻔했다, 야. 포수 미트라도 끼고 있어야 되는 거 아냐?"

"잘 받던데, 뭘. 덕분에 이닝 잘 끝냈어."

분위기가 달아올랐지만, 진우는 동시에 걱정이 됐다.

병살타 퀘스트는 깼고…….

이거, 또 점수 막 뽑으면 홀드 못 내는데.

진우는 곧장 윤 감독에게 다가갔다.

"플래툰 적극적으로 가도 될 것 같습니다. 출루하면 바로 희타 내는 쪽으로요. 오늘 경기 무조건 잡을게요."

불안불안했던 위기를 극적으로 넘기면서 윤 감독 역시 상기된 표정이었다.

"알겠다. 잘 막아 줬다, 진우야. 성명길! 임석영! 준비해!"

"예!"

최근 타격감이 좋지 않았던 선수들을 적극적으로 교체 투입하면서 인천고는 7회 말 1점을 얻는 데 그쳤다.

하지만 여전히 분위기를 유지하고 있었다.

6 대 3.

8회 초 마운드에 오른 것은 김명수였다.

돌직구 타입의 김명수는 살아 움직이는 듯한 구위로 속

구 위주의 승부를 이어 갔다.

오지혁에게 솔로 홈런을 허용하긴 했지만, 2피안타 1실점으로 8회를 틀어막았다.

8회 말.

3번 나요한이 2루타를 치고 나갔다.

진우는 거기서 희생 번트를 댔고, 김세완이 우익수 플라이로 희생타를 만들어 내면서 추가 1득점에 성공했다.

진우는 주먹을 불끈 쥐며 환호했다.

"그렇지! 병살타 완료, 홀드 완료! 희생타까지!"

벤치에서 진우를 지켜보던 현석이 뜨악한 표정을 지었다.

"뭐야, 너도 베팅했냐? 이거 수상한데?"

그러거나 말거나, 진우는 시원하게 웃으며 장비를 착용했다.

"그런 게 있어. 너는 오늘 푹 쉬면서 능력치도 오르고 좋겠다. 응원이나 열심히 해."

"응? 능력치? 응원?"

이제 거칠 것 없다는 듯 진우가 느긋하게 걸어 나가자, 현석은 연신 고개를 갸웃했다.

"하여튼 알 수가 없는 놈이라니까."

9회 초.

마지막 이닝을 책임질 인천고의 투수는 3학년 박균호였다.

진동준과 신인급 투수들에 가려서 그렇지, 진우가 포수를 맡기 전엔 인천고 중계진을 책임졌던 투수였다.

박균호는 모처럼의 등판을 망치고 싶지 않은지 잔뜩 힘이 들어가 있었다.

캐처 박스에 앉은 진우는 마음 편히 먹으라는 듯 오른 주먹으로 가슴 보호대를 툭툭 두드린 뒤 미트를 내밀었다.

박균호는 신중하게 공을 뿌렸다.

하지만 실력순으로 밀려난 이유를 보여 주기라도 하는 듯 사방으로 공이 튀었다.

경기고 타자가 스윙 한 번 하지 않았는데, 연속 볼넷으로 무사 1, 2루를 허용하고 만 것이다.

9회 초 3점 차.

류현석을 제외하면 더 이상 믿을 만한 투수도 없는 상황이었다.

투코 이승후가 마운드로 올라갔다.

이승후 앞에 진우와 박균호가 모여 섰다. 박균호는 다 잡은 경기를 놓치게 될까 봐 전전긍긍해했다.

"균호야, 오늘 제구가 전혀 안 되는디. 자신 없으면 바꿔 줄까? 무리허면 될 것도 안 돼야."

조심스러운 이승후의 말에 박균호가 입술만 깨물고 있자, 진우가 입을 열었다.

"코치님, 바로 동훈 선배랑 성호 선배 준비시켜 주세요. 원 포인트로 가면 막을 수 있습니다. 저희가 일단 카운트 하나는 잡을 거예요. 부탁드립니다."

불안해하는 둘과 달리 자신 있다는 듯한 진우의 말에 이승후는 빠르게 고개를 끄덕였다.

솔직히 코치 입장에서도 올릴 만한 선수가 딱히 없는 상황이었다.

오히려 진우가 이렇게 구체적으로 이야기해 주자 고마워하는 눈치였다.

"알겠다. 바로 준비시킬라니까, 잘 부탁헌다잉."

이승후가 빠른 걸음으로 내려가고, 진우는 불안해하는 박균호에게 가까이 다가가 미트로 입을 가렸다.

"이제 경기고 클린업이에요. 2번 고의사구 주시고, 3번이랑 상대할게요. 선배님은 앞뒤 보실 거 없이 3번만 잡아 주시면 됩니다."

"알겠어. 3번, 한 명만… 꼭 잡을게."

"선배님."

"한 명만…… 응?"

박균호가 주문처럼 '한 명만'을 중얼거리자, 진우가 미트를 내리고 씨익 웃었다.

"주자도 보실 거 없고, 다음 타자도 없어요. 딱 한 명만 잡아 주세요. 시원하게 잡아 주시면 이따 아이스크림 쏩니다."

잔뜩 긴장하고 있던 박균호는 머릿속이 간결해지는 걸 느끼며 표정부터 바뀌었다.

"한 명. 아이스크림. 오케이, 가자!"

주먹을 가볍게 맞부딪치고 내려온 진우는 빠르게 머리를 굴렸다.

경기고 2번은 타격감이 좋아.

3번은 균호 선배가 잡아 줘야 된다.

4번 백창훈을 동훈 선배가 잡고, 바로 5번을 거르고 6번을 성호 선배가 잡아 주면 돼.

진우의 분석은 선수별 프로필을 기반으로 9회까지 오는 동안의 경기고 타격을 감안한 결과였다.

이렇게만 해 줄 수 있으면, 아슬아슬하게 다 잡을 수 있어.

퀘스트도, 게임도.

선수들 성장까지.

배터박스까지 내려온 진우는 경기 재개 선언이 있자 곧바로 일어나 천천히 고의사구를 받았다.

3안타를 때려 낸 경기고 2번은 못내 아쉬운 듯 입맛을 다시면서 멀찌감치 들어오는 공을 지켜봤다.

무사 주자 만루.

진우는 다시 한 번 마운드의 박균호에게 제스처를 보냈다.

양손을 들어 관자놀이에 갖다 대었다가 검지를 펴 보인 거였는데, 주자 신경 쓰지 말고 한 명만 잡자는 뜻이었다.

심호흡을 한 박균호가 깊게 고개를 끄덕인 뒤, 투구판을 밟았다.

불펜에선 3학년 양동훈과 2학년 조성호가 급하게 몸을 푸는 중이었다.

초조한 기색이 역력한 윤 감독은 이승후에게 진우의 말을 전해 듣고 고민 중이었다.

'먹혀들면 기가 막힌 전술이지만, 교체 투입한 선수들이 해 주지 못하면 바로 패배다. 이럴 때 확실한 마무리 투수가 있었으면……'

윤 감독뿐만 아니었다.

불펜으로 간 이 코치를 제외한 정 코치와 채 코치, 안 코치까지.

승리를 목전에 두고 무사 만루의 위기까지 온 상황을 지켜보는 중이었다.

"은강이가 좀 더 던져 줬으면, 명수나 동준이가 9회 딱 막아 줄 수 있었을 건데."

난간에 앞으로 몸을 기댄 채 손톱을 물어뜯는 정 코치의 말에 채 코치가 응수했다.

"아이다. 이런 경기도 가끔 있어야 안 하겠나. 중계진이 얼마나 자알 이끌어 가는가도 중요하니까. 마무리 투수가 있어가 따악 막아 주면 좋을 긴데."

마운드의 박균호는 3번을 맞아 마음이 차분해지는 걸 느꼈다.

'아웃카운트 하나도 없고 주자가 만루인데, 한 명만 잡으면 된다고 생각하니까 전혀 부담이 안 돼. 잡는다. 잡을 수 있다고.'

진우도 박균호의 투구가 한결 부드러워진 걸 바로 느낄 수 있었다.

터억!

"스트라익!"

박균호는 140이 넘는 구속을 가진 우완 쓰리쿼터였다.

좀처럼 잡히지 않는(?) 제구만 잡히면, 고교 수준에선 결코 쉽게 쳐 내지 못하는 공을 던졌다.

바깥쪽 빠른 공을 공 하나 차이로 넣었다 빼며 투 스트라이크를 잡은 박균호는 진우의 사인을 확인했다.

'몸 쪽 체인지업? 오케이. 카운트 여유 있으니까, 유인구로 빼 보자.'

진우는 어려운 상황일수록 단순하게 풀어 가려고 노력했다.

직구-직구-체인지업만큼 단순하면서도 효과적인 볼 배합이 없었다.

또 상황이 상황인 만큼, 상대 타자 역시 머릿속이 복잡할 거란 계산이었다.

바깥쪽 빠른 볼에 눈이 익어 있으니까, 제구만 정확하면 배트가 따라 나올 거다.

바운드가 되더라도 어떻게든 잡을 테니까 잘 떨어져 주기만 한다면……

이어진 투구.

박균호는 진우의 바람을 읽기라도 한 듯 몸 쪽으로 뚝 떨어지는 체인지업을 정확하게 뿌려 줬다.

슈우우욱-

빠른 볼에 익숙해져 있던 경기고 3번은 몸 쪽 직구처럼 들어오는 공에 배트가 나가다가 흠칫했다.

"윽!"

순간적으로 배트를 멈췄지만, 이미 반 이상 돌아갔다가 돌아온 뒤였다.

진우가 벌떡 일어나 1루심에게 손가락을 뻗었다.

"스윙! 아웃!"

1루심이 아웃 제스처를 해 보이면서, 드디어 아웃카운트가 늘어나기 시작했다.

"그렇지!"

"흐따, 아슬아슬했다잉."

지켜보던 인천고 코칭스태프들도 안도의 한숨을 내쉬었다.

관중석에서 경기를 지켜보던 니키는 여전히 걱정스런 얼굴이었다.

'계투진을 총동원한다……? 양날의 검이야. 이미 필승조를 다 쓴 상황에서 좌우등판까지 한다면, 다음 경기 선발 투수가 부담이 커진다고. 물론 이번 경기부터 잘 막을 수 있다면 말이지…….'

분하다는 듯 3번이 악을 쓰고 들어간 뒤, 4번 백창훈이 타석에 들어섰다.

"선수 교체!"

인천고는 계획대로 양동훈을 마운드에 올렸다.

"체인지업 정말 좋았습니다. 이제 동훈 선배가 막아 주실 거예요."

임무를 완수한 박균호는 밝은 얼굴로 진우와 하이파이브를 했고, 동훈이 진우와 이야기를 나눴다.

"4번 상대로 원 포인트라고 생각하니까, 좀 떨리는데? 좋은 계획 있냐?"

"예. 백창훈은 슬러거형 타자라 눈높이로 들어오는 공에 말려들 거예요. 힘 빼고 정확하게만 부탁드릴게요."

"제구 하면 또 동준이 다음으로 나 아니냐."

"그럼요. 오늘 경기고에 소문 한번 내 보죠."

"오케이. 가자!"

체구가 작다 보니 구위도 약한 편인 양동훈이었다.

하지만 제구만큼은 주장 진동준과 다툴 정도였다.

지금처럼 우타거포 백창훈을 상대로 맞대결보단 범타를 유도해야 하는 상황에선 제격이었다.

진우는 우완 양동훈의 주 무기인 투심 사인을 냈다.

우타자 바깥쪽으로, 혹은 가운데로 오는 포심처럼 보이다가 더 몸 쪽으로 슬쩍 흘러들어오는 역회전 공이었다.

사인을 접수한 동훈이 천천히 다리를 들어 올렸다.

"흡!"

슈우우욱-

초구를 노리고 들어온 백창훈은 타이밍을 맞추려 동시에 왼쪽 다리를 들어 올렸다.

그런데 반 박자 늦게 눈높이로 들어오는 공에 자세가 흐트러지고 말았다.

부웅-

"스트라익!"

'뭐야? 보크 아니야?'

동훈이 다리를 내리는 과정에서 잠깐 멈췄다 이어지는 행동이 백창훈의 타격 타이밍을 헝클어뜨린 것.

하지만 주심이 아무런 제지가 없자 백창훈은 다시 마운드를 노려봤다.

백창훈이 당황한 기색을 보이자 진우는 속으로 쾌재를 불렀다.

역시 효과가 있어.

단순한 좌우 놀이가 아니라고.

한두 점을 내주더라도, 아웃카운트를 올려야 해.

진우가 양동훈에게 투구 템포를 느리게 해 달라고 언급하면 오히려 신경 쓰다 보크가 될 것 같았다.

그래서 정확하게만 던져 달라고 주문을 했던 게 주효했던 셈이다.

다른 변화구는 밋밋하니까, 코너워크로 가자고.

진우는 오로지 투심과 포심, 패스트볼 2개로 백창훈을 상대하기로 했다.

우타자 바깥쪽 가장 먼 곳을 직구, 투심으로 넣었다 빼는 식으로 볼카운트는 2-2까지 이어졌다.

이제 타자 입장에선 무조건 휘둘러야 하는 카운트.

투수 입장에선 공 하나를 더 뺄 수 있는 카운트였다.

그때, 사인을 보낸 진우가 미트를 높이 들었다.

슈우우욱-

"윽!"

터억!

백창훈은 눈앞으로 들어오는 공에 본능적으로 영웅 스윙을 돌려 버렸다.

"거러취!"

"잡았다아!"

"예에에!"

땀을 쥐는 승부 끝에 나온 시원한 헛스윙 삼진이었다.

인천고 더그아웃에서 폭발적인 함성이 터져 나왔다.

하지만 아직 끝이 아니었다.

2사였지만, 아직 주자가 만루인 데다가 5번 타순이었다.

모두가 집중해서 경기를 지켜보고 있었다.

그런데 진우가 자리에서 일어나자, 모두 당황한 눈치였다.

"응? 왜 일어나……. 설마, 여기서 거른다고?"

"만루인데 고의사구를?"

인천고 더그아웃에서도 웅성거리는 소리가 들리기 시작했다.

"괜찮을까? 단타 하나라도 나오면 바로 역전인데……."

"9회 말에 점수 내면 되지!"

"그게 말처럼 쉽냐고요."

우려 섞인 시선들에도 진우는 꿋꿋하게 서서 공을 받았다.

"베이스 온 볼스!"

밀어내기로 한 점을 내준 뒤, 임무를 완수한 양동훈이 내려가고 조성호가 마운드로 올라왔다.

그러자 예상 밖의 일이 벌어졌다.

"타임!"

경기고에서 대타를 낸 것이다.

일반적으로 우타자는 좌투수에게, 좌타자는 우투수에게 유리하다.

공이 휘는 궤적을 조금 더 볼 수 있고, 또 물리적인 스윙 궤적 역시 자연스럽기 때문이다.

5번 좌타를 맞아 좌투 조성호를 냈는데, 우타가 나온 상황.

6 대 4, 주자 만루.

인천고 불펜은 비어 있었다.

마운드로 올라간 진우는 철저하게 변화구로 가자는 주문을 넣었다.

"선배, 두 점 차예요. 단타면 동점이고요, 장타면 역전이에요. 300퍼센트로 던져 주세요."

"오랜만에 올라왔더니 이런 상황이냐? 어후, 숨 막힌다, 숨 막혀. 이번에도 견제사 한 번 해 주면 안 되냐?"

결정적인 상황에서 진우가 종종 총알 같은 송구로 견제사를 만들어 냈던 기억에 조성호가 앓는 소리를 했다. 진우가 빙긋 웃었다.

"베이스에 바짝 붙어 있는 거 보세요. 저래서 안타 치면 발이나 떼겠어요?"

실제로 경기고 주자들은 진우의 견제 능력을 익히 들어 왔기 때문에, 한 발을 베이스에 딱 붙이다시피 하고 있었다.

그 모습을 슬쩍 확인한 조성호는 고개를 끄덕였다.

"저 정도면 두어 발자국은 리드에서 손해 보는 건데. 네 어깨가 무섭긴 한가 보다. 아무튼 잘 부탁해."

"예. 잘 부탁드려요."

2사 만루의 상황에서도 장난 섞인 말이 오가면서 분위기는 나쁘지 않았다.

좌완 조성호는 진우 말대로 철저히 변화구 위주로 승부를 이어 갔다.

초구와 2구가 슬라이더, 모두 볼이었다.

대타로 들어온 경기고 타자는 배트를 움찔거릴 뿐 섣불리 돌리지 않으며 신중하게 공을 지켜봤다.

오늘 등판한 인천고 투수 중에선 가장 구위가 약한, 하지만 지금으로선 또 가장 쓸 만한 투수인 조성호였다.

그러니 진우 입장에선 조성호가 마지막 카운트를 어떻게든 만들어 주길 기대할 수밖에 없었다.

같은 심정인 인천고 선수들과 코칭스태프는 모두 하나같이 초조해하며 그라운드를 응시하고 있었다.

제3구, 이번엔 커브볼이었다.

슈우우욱-

연이은 슬라이더를 참아 낸 타자는 느린 커브에 가까스로 배트를 갖다 맞혔다.

따악!

조성호의 고개가 빠르게 뒤로 돌았다. 진우도 일어나 공을 눈으로 좇았다.

타자가 1루를 향해 달리기 시작하면서 베이스를 채우고 있던 경기고 주자들이 내달렸다.

공은 유격수의 키를 살짝 넘기면서 좌익수 방향으로 굴러갔다.

전력으로 달려온 좌익수 나요한이 공을 잡았을 땐 이미 3루 주자가 홈을 밟은 상황이었다.

6 대 5, 실시간으로 3루를 지난 2루 주자까지 홈으로 쇄도하고 있었다.

공은 유격수 중계 플레이를 거쳐 진우에게 쏘아져 왔다.

슈아아악-

자세를 낮추고 몸으로 라인을 막아선 진우가 공과 진우를 기다렸다.

홈플레이트를 향해 달려드는 주자와 거의 동시에 공이 도착했고,

뻐어억!

진우와 주자가 강력한 충돌을 일으켰다.

주자와 진우 둘 다 나가떨어질 정도의 큰 충격이었다.

"뭐야! 어떻게 된 거야!"

"아웃? 세잎?"

양 팀 더그아웃에서 사람들이 천천히 걸어 나왔다.

그리고 태그 상황을 확인하는 주심의 선언을 기다렸다.

그때 진우가 엎드린 채 글러브를 스윽 들어 보였고, 그제야 주심이 소리쳤다.

"아우웃! 게임 셋!"

"으아아악!"

"그렇지이이!"

가까스로 홈을 지켜 낸 진우에게 인천고 선수들이 미친 듯이 달려들었다.

"이겼어! 이겼다고!"

"와, 진짜 진땀승이다. 완전 간발의 차였다니까?"

9회 만루 위기를 1실점으로 넘기면서 경기는 그대로 인천고의 승리로 종료됐다.

동료들에게 둘러싸인 채 흙을 털며 일어선 진우도 밝게 웃고 있었다.

[퀘스트 보상이 적용됩니다.]

[이번 정규 경기에서 아래 기록을 달성할 시 보상 적용]

[상대 팀에게 병살타 3회 유도 : 성공. 선수단 전원 모든 능력치 +2 (영구 적용)]

[팀 희생타 3회 : 성공. 타자 전원 컨택 +2 (영구 적용)]

[팀 홀드 3회 : 성공. 투수 전원 변화구 +3 (영구 적용)]

모든 퀘스트를 성공하면서 전원 모든 능력치에 투, 타 주요 능력치까지 추가로 오른 셈이니, 그야말로 엄청난 보상이었다.

진우는 마지막 보살을 만들어 낸 좌익수 나요한과 유격수 박찬민에게 공을 돌렸다.

"중계 진짜 좋았어. 누가 1학년 라인이라고 생각하겠어? 고생했다. 잘했어."

얼마 전까지만 해도 후보군이었던 둘이었다.

동급생인 진우에게 듣는 칭찬에 동료 선수들의 격려까지 쏟아지자, 기쁜 내색을 숨기지 못했다.

"맹훈련한 게 효과가 있었나 봐. 나도 깜짝 놀랐다니까."

"솔직히 내가 생각해도 좀 멋있었다. 히히히."

자신들의 멋진 중계 플레이로 어려운 경기를 끝냈다는 사실은 선수 개인에게 두고두고 힘이 될 기억으로 남을 것이었다.

명승부를 펼쳐 준 양 팀 선수들이 서로 인사를 나누는 동안, 진우도 모처럼 선수들과 어울렸다.

"오늘은 한 명, 한 명이 다 자기 역할 잘해 줘서 이겼어. 이제야 진짜 전국대회 우승 전력 된 것 같다. 안 그러냐?"

다음 경기를 위해 오늘 완전히 휴식을 취한 현석은 진우의 말을 듣고 몸이 근질근질한 눈치였다.

"하……. 이거 녹화됐지? 이런 인생 경기에 내 이름이 없다니. 오늘 MVP 은강 선배더라. 다음 경기는 나 예약이다."

그러면서 꼭 쥔 두 주먹을 부들부들 떨었다.

진우는 빙긋 웃으며 기도하는 손 모양을 해 보였다.

"제발 그래라. 퍼펙트게임 포수 한번 해 보자. 근데 8강 전은……."

진우의 장난 섞인 말끝에 물음이 붙었고, 현석이 표정을 굳혔다.

"동산."

진우도 덩달아 입꼬리가 내려갔다.

"끝났냐?"

"동산이 경남고를 콜드로 이겼대."

경기를 지켜보며 타 구장 소식도 살펴봤는지 현석은 망설임 없이 결과를 전했다.

진우가 되물었다.

"청룡기 4강 팀 경남고를, 콜드로?"

"동산에선 그때 그 자식이 선발로 나왔는데, 제법 잘 던졌나 봐. 5이닝 1실점으로 12 대 1 콜드승."

다른 대회와 달리 예선 없이 전국의 모든 고교 야구팀이 참가하는 게 봉황대기만의 특징이었다.

예선전에서 약팀이 걸러지지 않는 만큼 경기 수도 한두 게임이 더 많았다. 덕분에 종종 이변이 일어나기도 했다.

물론 동산이 약팀은 아니었다.

하지만 강호 경남을 콜드로 제압했다는 건 이변에 가까운 일이었다.

"동산이랑 8강이라 이거지……. 3일 뒤인가?"

"어. 오늘 쉬면 이틀. 너 아까 다친 건 아니고?"

현석은 강력했던 홈에서의 충돌이 걱정되는 눈치였지만, 진우는 어깨를 으쓱해 보였다.

"멀쩡해. 내 걱정 말고 동산전까지 컨디션 관리나 잘해. 배고프다고 아무거나 먹지 말고."

얼마 전부터 꽂힌 젤리를 우물거리고 있던 현석이 능글맞게 웃었다.

"먹고 싶으면 달라고 말을 해. 그나저나 이제 8강이니까……. 준결승에서 지아 보려면 동산고 무조건 잡아야겠네?"

지아가 준결승부터 직접 보러 오겠다고 했던 말을 떠올리며 불타오르는 현석이었다.

진우는 인천고가 패배했던 동산고와의 친선전을 직접 겪지 않았다 보니 내심 걱정이 됐다.

얼마나 강해진 거야?

전국체전 예선 때는 우리가 충분히 이길 만했는데.

여러모로 불리한 입장이었다.

친선전에서 류현석의 투구가 한 번 노출됐었고, 진우는 그 경기에 없었다.

퀘스트 때문에 투수를 많이 소모했으니, 다음 경기는 선발이 최대한 버텨 줘야 하는 상황.

쉽지 않은 경기가 될 것 같았다.

다음 날 오후.

타 팀 경기가 진행되면서 8강 팀의 윤곽이 모두 드러났다.

화순고, 휘문고, 군산상고, 경동고, 서울고, 신일고, 동산고, 그리고 인천고.

대체로 8강권에 자주 이름을 올리는 강호들이었다.

동산과의 경기를 이틀 남긴 인천고는 한낮의 더위를 피해 체육관에서 실내 훈련을 진행했다.

체육관은 주로 검도부가 사용하는 곳이었는데, 8월 중순의 폭염은 실내에서도 숨을 턱턱 막히게 했다.

연이은 더위에 헬쑥해진 류현석이 진우에게 툴툴거렸다.

"아오 씨, 땀 때문에 앞이 안 보여. 땀 안 나게 하는 스프레이를 이마에 뿌리면 어떨까?"

"그게 흘러내려서 실명하지 않을까?"

"그런가? 하… 빨리 겨울 되면 좋겠다."

"겨울에도 땀 흐를 정도로 훈련할 건데, 지금보다 더 힘들걸?"

"넌 입만 열면 끔찍한 소리냐! 어후, 힘들어도 지아 때문에 참는다, 내가."

"지아가 들으면 더 끔찍해하겠다."

진우 역시 묵묵히 공을 받아 내곤 있었지만, 여름 한가운

데에서 청백전이며 전국대회 경기에 빠짐없이 출장한다는 건 결코 쉬운 일이 아니었다.

게다가 최근 들어 부쩍 신경 쓸 일도 많았다 보니, 정신적으로도 피곤한 건 마찬가지였다.

회귀한 뒤로 나름대로 체력 관리에 신경 썼다고 생각했는데.

내가 이 정도인데 다른 동료들은…….

진우는 체육관 곳곳에서 투구 스윙과 타격 스윙 중인 선수들을 바라봤다.

하나같이 연신 땀을 닦으면서도 군소리 없이, 오히려 미소까지 걸고 매진 중이었다.

주장 진동준은 드래프트 전의 마지막 대회인 만큼, 어느 때보다 진중한 모습으로 섀도 피칭 중이었다.

'졸업하기 전에 동산이랑 붙는 마지막 전국대회다. 무조건 이겨야 해. 그 자식들한테 또 져 버리면, 다시 붙고 싶어도 기회가 없다고.'

어느덧 주전 자리에 들어선 나요한 역시 스윙에 속도를 내고 있었다.

"구백팔십오… 구백팔십육."

뒤숭숭한 일로 분위기가 흐트러질 법한 상황.

윤 감독은 강도 높은 훈련과 멋진 경기를 소화해 준 선수들에게 여러모로 고마움을 느끼고 있었다.

"휴식! 하던 거 멈추고 쉬었다 하자. 하나씩 먹어라."
"예에!"

선수들이 먹을 아이스크림을 나눠 준 윤 감독은 전날 경기를 관람하고 아예 인천고를 찾은 선동혁에게도 아이스크림을 하나 건넸다.

"잉. 잘 먹겄소. 그랑게 동산 이재성이도 조작에 가담헌 것을 이실직고했다?"

"예. 아예 안 했다면 좋았겠지만, 어쨌든 자백한 것만 해도 다행이죠. 검거를 위해서 일단 티 나지 않게 진행하기로 했습니다."

"그라믄 승패에 영향이 있는 것 아니여?"

"뭐, 조작 내용을 알고 있는 상황이라 저희가 유리하면 유리했지, 불리하진 않습니다."

"말허자면 잠복 수사 같은 거구마잉."

"그렇죠. 아마 이번 경기나 다음 경기 정도엔 꼬리를 잡을 수 있을 것 같습니다."

선동혁이 아이스크림을 베어 물고 우물거렸다.

"역시 나가 보는 눈이 있당게. 한 방에 브로커를 알아봤잖여. 허고, 자네 아들이라 그랑 게 아니고 진우는 참말로 물건이여. 스카우트들이 가만두는감?"

아들 자랑 마다할 부모 없듯 윤 감독이 모처럼 빙긋 웃었다.

"난리도 아니었죠. 이제 봉황대기 끝나면 또 한바탕 몰아칠 것 같습니다."

"그랑게. 보라스도 왔담서?"

"예. 이번 일을 도와주는 대신, 보라스와 에이전트 계약을 하기로 했습니다."

"히야… 천하의 보라스가 1학년한테 붙다니. 그래, 어디 점찍어 놓은 구단은 있는가?"

"진우가 결정하겠죠. 저야 아들 덕분에 감독 노릇 하는 판인데요."

"허허허, 그려. 여적지 허는 거 보니, 어련히 잘 알아서 잘할 걸세. 아까 말한 세 친구 좀 불러 주겠는가?"

"예. 국해진! 김세완! 나요한! 잠깐 와 볼래?"

진우가 선동혁에게 제안했던 국가대표 타선 중 3명이 인천고였다.

윤 감독은 진우를 제외한 셋을 불렀다.

선동혁 앞에 선 둘은 모두 180센티미터를 갓 넘는 키였지만, 어깨가 떡 벌어져 다부진 체격이었다.

"튼튼허게 생겼고마잉. 느그 요번 대회 끝나면 진우랑 손잡고 와라!"

"예?"

1, 2학년이기에 자신들이 국가대표로 뽑힐 거라고는 전혀 상상도 못한 셋이었다.

선수들은 선동혁의 말을 이해하지 못한 듯 어리둥절한

표정으로 서로를 마주 봤다.

선동혁이 낄낄거리며 윤 감독의 어깨를 툭 치자, 윤 감독이 대신 입을 열었다.

"세계선수권대회 뛰는 거다. 국가대표."

"국가대표요? 저희가요?"

"다음 경기 나가 지켜볼 것이여. 별 볼 일 없는 저학년 뽑았다고 욕멕이지 말고, 뺑뺑 갈겨 버려야. 알겠제?"

선동혁이 흐뭇한 얼굴로 말을 잇자, 그제야 말뜻을 이해한 셋의 얼굴에 함박웃음이 걸렸다.

"예! 감사합니다!"

"열심히 하겠습니다!"

허리까지 꾸벅 숙여 보이는 셋에게 선동혁이 말을 이었다.

"열심히 허는 것은 당연한 거고, 잘혀야제. 잘헐 거다. 류현석이는 요번 경기 보고 결정할 것이여. 감독님 말씀 잘 듣고잉."

"예에!"

상기된 표정의 셋은 쭈뼛거리며 인사를 한 번 더 한 뒤에야 돌아섰다.

곧장 진우를 향해 달려간 둘은 흥분을 감추지 못했다.

"야! 진우야! 너 알고 있었어?"

"우리 셋이 다음 달 국대 뽑혔어! 이거 꿈인가?"

수건으로 땀을 닦던 진우는 양쪽에서 자신을 붙잡고 흔드는 셋에게 태연하게 답했다.

"잘됐네. 선 감독님이 직접 말하셨어?"

"그렇다니까!"

"혹시 진우 네가 얘기해 준 거 아니야? 현석이도 뽑힐 것 같은데?"

연신 진우를 흔들어 대는 둘과 달리 진우는 느긋한 말투였다.

"흐응, 글쎄……. 류현석이 또 불타오르겠네. 아무튼 축하해."

"야! 너무 당연하다는 듯이 받아들이는 거 아니냐?"

"엄청난 일이라고! 1학년이, 그것도 한 학교에서만 몇 명이나 뽑힌다는 거!"

"흐으응… 그렇지."

진우는 고개가 마구 흔들리면서도 심드렁했다.

그건 그렇지만, 당장 다음 경기가 문제라고.

너무 늦기 전에 브로커도 잡아야 하니까…….

어느덧 팀의 중심으로 자리 잡은 주전 포수 진우였다.

개인 훈련뿐만 아니라 팀원 전체의 밸런스까지 살펴야 했다.

특히 라이벌 동산과의 경기를 앞두고 있는 만큼 신경 쓸 게 한두 가지가 아니었다.

"현석이한테 말하러 가야겠다. 이참에 동산 박살 내 버리자고!"

"오케이! 이제 쉬는 시간 없다! 간다!"

불붙은 3명이 사라진 뒤, 진우는 수코 정환호와 함께 동산고 전력 분석 자료를 살폈다.

정 코치는 예상 선발 투수인 김기택과 주요 야수들의 최근 성적을 싹 다 모아 뒀다.

"김기택이 올해 4경기에서 3승했고. 평균자책점이 2점대야. 원투펀치 박경택은 3경기 1승, 3점대."

"아마 김기택이 나올 겁니다. 전에 붙었을 때 퇴장당하기 전까진 재미를 봤으니까요."

정 코치는 진우의 허리에 두 번 연속 공을 던지고 퇴장당했던 김기택의 모습이 떠올라 얼굴을 찌푸렸다.

"그랬었지. 동산 포수 최승훈이 제법 기량이 좋아진 모양이야. 이번에 경남고 콜드로 잡을 때, 홈런을 2개나 때렸다더라."

기록을 살펴보니, 대부분 동산 타자들의 타율은 3할 언저리였지만 장타율은 상당히 높았다.

진우는 현석의 구위가 얼마나 먹힐 수 있을지 가늠해 봤다.

친선전에서 무너졌던 그때의 류현석이 아니라고.

수비력도 한층 탄탄해졌고.

분위기만 잘 유지하면 충분히 잡는다.

"선발 싸움이 중요하겠네요. 장타가 자주 터지면 빅 이닝보단 엎치락뒤치락하는 한 점 싸움이 될 거고요."

"혹시라도 현석이가 빨리 무너지면……."

"바로 동준 선배랑 명수 선배가 막아 줘야죠. 매 경기가 결승이라고 생각해야 할 것 같아요."

계투진 소모로 투수들의 체력이 떨어진 게 눈에 보였다.

그렇다고 달아오른 선수들에게 마냥 쉬라고 할 수도 없는 노릇이었다.

진우는 강한 어조로 단언했다.

"이번엔 무조건 이겨야 합니다. 조작까지 개입된 경기예요. 여기서 져 버리면 잃는 게 너무 많아요."

청룡기 결승에서의 패배는 실력 차이였다.

하지만 지금의 인천고는 정정당당한 실력대결에서 어떤 팀에도 밀리지 않는 전력이었다.

이미 어느 정도 궤도에 오른 3학년 선수들.

그리고 전국대회 선발 출장으로 부쩍 역량이 커진 저학년 선수들이 모든 포지션에서 이를 갈고 있는 상황이었다.

"그렇지. 주전급 3명이 빠지고도 그동안 정말 잘해 줬어. 조작 같은 거 없이, 충분히 이길 수 있다는 걸 보여 줘야지."

조만간 매스컴에서 크게 다뤄질 승부 조작 문제에서 인천고는 자체적으로 걸러 내고 깨끗하게 승부했다는 걸 증명해 내야 했다.

게다가 상대가 동산이었다.

전국체전 예선에서 동준과 시환을 비아냥거렸던 최인혁이 떠오르자, 진우가 주먹을 말아 쥐었다.

실력으로 눌러 줄게.

다시는 헛소리 못할 거다.

단순한 8강전이 아니었다.

그동안 구슬땀을 흘려 온 모두에게 떳떳한 보상이 될 승리였다.

"예. 조금 무리해서라도 확실하게 잡고 나면, 앞으로 동산은 몇 년 동안 잠잠할 겁니다."

진우는 제물포고와의 경기에서 접했던 칭호 퀘스트를 떠올렸다.

[이벤트 연속 성공 시 칭호를 획득할 수 있습니다. (제물포고교 완료, 동산고교 미완료)]
[트로이카의 지배자(1/2) : 라이벌 고교와의 경기 승리로 획득. 라이벌 고교와의 경기 시 선수단 전원 모든 능력치 +2]

그동안 상승한 능력치에 칭호까지 얻게 된다면 천적 중의 천적이 될 거다.

진우는 최근 사건들의 원흉이 동산에 있기라도 한 것처럼 속에서 뭔가가 끓어오르는 것만 같았다.

구월동의 한 2층짜리 카페.

층마다 10개 남짓한 테이블이 자리한 그곳엔 사복 차림의 경찰들이 진을 치고 있었다.

자연스러운 분위기를 위해 여경까지 동원된 탓에 실제 손님들도 그들이 경찰이라곤 생각하지 못했다.

보라스가 동원한 김앤박 법무팀은 일사천리로 검찰을 움직였다.

덕분에 지금 카페엔 이재성과 특별수사본부 검경들이 브로커가 들어오기만을 기다리는 중이었다.

약속 시간은 2시.

그때, 이재성의 대포폰이 울리기 시작했다.

책임자와 눈이 마주친 이재성은 조심스레 전화를 받았다.

"여보세요. 장소를 옮기자고요? 이거 귀찮게 왜 이럽니까. 날도 더운데. 알겠어요."

이재성이 고개를 갸웃하며 자리에서 일어서자, 특수본 팀장이 다가왔다.

"어디로?"

"근처입니다. 길 건너 공원이랍니다."

"혼자 가는데, 자연스럽게 전철역 쪽으로 걸어요. 3번 출구로."

"예."

갑자기 장소를 바꿀 것을 어느 정도 예상했다는 듯 팀장은 곧바로 대응했다.

이재성이 앞장선 뒤, 4명의 경찰이 뒤를 따랐다.

전철역 3개 길이에 걸쳐 길게 늘어선 중앙공원.

도망치기엔 좋고, 누군가를 잡기엔 불편한 곳이었다.

앞장선 이재성은 박철진이 말한 분수대에 도착했다.

분수대 근처에서 반팔 셔츠 차림의 박철진을 발견하자, 이재성이 응수했다.

"이 날씨에 까탈스럽게 웬 공원이요? 먹고살기 참 힘드네."

박철진은 눈으로 주위를 스윽 훑으며 낮게 대답했다.

"이 바닥에서 믿을 사람이 있어야지요. 요즘 분위기도 심상치 않고."

그러면서 들고 있던 가방을 열어서는 봉투를 꺼내 이재성에게 건넸다.

"잘 부탁한다는 뜻이요. 엇나가는 일 없게 합시다."

봉투를 건네받은 이재성은 천천히 3번 출구 쪽으로 걸음을 옮겼다.

"알겠어요, 알겠어. 근데 심상치 않다니, 분위기가 뭐 어떻다는 거요?"

자연스러운 물음에 박철진은 그동안 할 말이 많았는지

이재성을 따라 걸으며 입을 열었다.

"아무래도 인천고 쪽에서 눈치를 챈 모양인데, 경기장마다 눈 부라리는 놈들이 한둘이 아니라니까. 까딱하다간 큰일 날 뻔했지 뭐요."

이재성은 짐짓 모른 체 말을 이었다.

"형사들이라도 왔다는 거요?"

"아니. 그냥 구단 관계자 같은 하바리들이 용쓰는 모양이외다. 뭐, 그래 봤자 검찰에서 물증 확보하고 영장 빼는 동안 대회 다 끝날 거니까."

코웃음을 치며 손목시계를 들여다보는 박철진에게 이재성이 다급하게 말을 이었다.

"빠삭하시네. 근데 배달은 어떻게 한 거요? 혼자 전국을 다 돌아다닌 겁니까?"

"하하하하. 왜, 배달 일도 하고 싶어요? 돈이 궁하긴 하신가 보구만. 내가 사람 보는 눈이 있다니까. 돈 필요한 사람은 눈만 보면 딱 사이즈 나오거든."

급한 대로 던진 질문에 박철진이 웃음을 터뜨리자, 이재성은 문득 부끄러워졌다.

자신에게 그랬듯 돈이 필요해 보이는 선수들을 귀신같이 알고 접근했을 거였다.

어린 선수들 역시 자신처럼 사정이 있었을 거란 생각이 들자, 문득 박철진의 면상을 한 대 갈겨 주고 싶었다.

대꾸가 없자 박철진이 말을 이었다.

"기분 나빠 할 거 없소. 뭐, 나도 돈 벌려고 이 짓 하는 거 아뇨? 다 마찬가지지. 결국엔 돈은 더 필요한 사람한테 가게 돼 있다고. 안 그래요?"

"뭐, 그렇겠지."

"없는 사람들끼리 재미도 보고 돕고 살자는 건데, 왜 기를 쓰고 잡으려 드는 건지 모르겠단 말이야. 벌써 베팅 유저가 만 명 넘어갔다고 했죠? 이제부터……."

말문이 터진 박철진이 신나게 떠들기 시작했고, 이재성은 곁눈질로 멀리 보이는 3번 출구를 확인했다.

'500미터는 되겠는데? 조금 더 시간 끌자.'

이재성이 스트레칭을 하듯 자연스럽게 주변을 둘러봤다.

카페에서 봤던 형사들이 사방에서 천천히 포위망을 좁혀 오고 있었다.

"이보쇼."

"그래서 공격적으로 확장을 해야……. 응? 뭐요?"

"담배 한 대 태웁시다. 불 좀 빌려 줘요."

"아, 그럽시다. 이번에 실적이 좋으면, 회원 수 유지하면서 종목을 확장할 계획이오."

치익.

"그거, 못할 것 같은데."

먼저 불을 붙이며 다시 한 번 주변을 살펴본 이재성이 목소리를 바꿨다.

 불을 붙이고 고개를 든 박철진은 갑자기 변한 이재성의 얼굴을 보고 멈칫했다.

 "뭐, 뭐야?"

 박철진이 빠르게 주변을 살폈다.

 그리고 사방에서 자신을 향해 포위해 들어오는 사람들을 발견하자마자, 빈 쪽으로 튕기듯 달려 나갔다.

 "잡아!"

 "이 새끼가!"

 하지만 이재성이 몸을 던지듯 박철진의 다리를 겨우 붙잡았다.

 "놔! 놔, 새끼야!"

 넘어져 발버둥 치던 박철진은 그대로 형사들에게 둘러싸였다.

 박철진은 팔이 뒤로 꺾이는 와중에도 고래고래 소리를 질러 댔다.

 "뭐야! 무슨 죄목으로 날 잡는 거냐고!"

 그러자 팀장이 천천히 다가오며 수갑을 꺼냈다.

 "그런 게 있어. 너는 묵비권을 행사할 수 있고……."

브로커를 잡았다는 소식은 최고석을 통해 진우에게도 전해졌다.

진우는 곧장 보라스와 양상웅에게 연락을 넣었다.

"특수본에서 잡았답니다. 이제 어느 학교, 누가 엮였는지 구체적으로 드러날 거예요."

(드디어 잡혔구만. 근데 그 작자가 순순히 불까?)

"일단 한 걸음 나간 것 같습니다. 또 소식 들어오는 대로 연락드릴게요."

(고생했네. 내일 경기 잘 치르고, 조만간 보자고.)

전화를 끊은 진우는 갑갑했던 속이 뻥 뚫리는 것 같았다.

"악마 같은 자식······. 전국에 얼마나 손을 댔으려나?"

처음 사실을 털어놓던 시환이 흐느끼던 모습이 떠오르자, 진우는 새삼 울화가 치밀었다.

회귀 이후 진우의 목표는 확고했다.

주전 포수.

그것은 단지 하나의 포지션을 완성하겠다는 것이 아니었다.

투수를 성장시키는 포수.

야수를 이끄는 포수.

결국 하나의 팀을 이끌어 주는 플레이어가 되는 것이 첫째 목표였다.

먼저 인천고라는 팀을 만들고, 그 선수들과 결국엔 인천

야구를 일으키는 것.

수많은 팀이 거쳐 가는 동안 명맥이 끊겨 버린, 구도(球都) 인천의 부활.

서진섭과 윤선우가 못다 이룬 꿈이기도 했다.

그저 우승을 위해 목매던 지난날과는 달랐다.

그런데 그 과정에서 끼어들어선 안 될 불순물이 끼어드니, 기껏 과거로 돌아온 진우로서는 완전히 뿌리를 뽑아 버려야 할 적이었다.

진우는 운동장 한쪽에서 조용히 스윙 훈련 중인 강시환에게 다가갔다.

시환이 스윙을 멈추고 바닥으로 시선을 떨궜다.

"강시환, 브로커 잡았대. 징계야 두고 봐야겠지만, 일단 다른 생각 하지 말고 훈련에 전념하고 있자고."

"응. 미안해."

간호사였던 진우의 어머니가 서진섭의 병실과 시환 할머니의 병실을 함께 살피는 요즘이었다.

고개를 들지 못하는 시환의 어깨를 진우가 가볍게 쳤다.

"아직 의식은 없으셔도 경과는 좋다고 하니까, 너무 걱정 말고."

"미안해. 고마워."

입이 열 개라도 미안하다는 말밖엔 할 수 없는 시환이었다.

진우도 당장은 더 할 말이 없었기에, 내일 동산전을 앞두고 라인업을 다시 한 번 그려 봤다.

톱타자로 자리매김한 국해진부터 나요한-김세완-진우로 이어지는 중심 타선은 막강했다.

하지만 강시환이 빠진 5번 자리를 채워 줄 타자가 없었다.

Chapter 15

 타격에서도 펀치력이 있는 현석이 그동안 5번을 맡아 줬지만, 전천후 1선발로 막중한 책임을 진 현석에게 언제까지 투타 겸업을 맡길 순 없었다.
 체력도 체력이지만, 현석이는 이제 투수에 전념할 수 있게 도와줘야 하는데.
 당장 쓸 만한 5번이 누가 있지?
 진우는 선호 타선이 클린업인 타자를 추려 봤다.
 3학년 3명, 2학년 2명, 1학년 3명.
 하지만 모두 주전 전력감이라기보단 아직은 작전 수행형에 가까운 선수들이었다.
 진우의 고민이 깊어졌다.

동산고 예상 선발인 김기택은 우완 투수다.

스위치 타자 국해진을 포함해 인천고의 주전 좌타자는 총 6명.

동산에서 좌완 박경택이나 또 다른 좌완 투수를 올렸을 때 플래툰을 가동한다고 하면, 초반에 김기택을 몰아쳐 공략해야 했다.

게다가 버프를 생각하면 선호 타선까지 고려해야 했다.

진우는 우타 김태우 대신 상위 타선에 좌타 성명길을 넣는 쪽으로 가닥을 잡았다.

최종 라인업은 이랬다.

1 CF 국해진 우투양타 (2학년)
2 3B 성명길 좌투좌타 (3학년)
3 LF 나요한 우투좌타 (1학년)
4 C 윤진우 우투좌타 (1학년)
5 1B 김세완 우투좌타 (1학년)
6 DH 류현석 좌투우타 (1학년)
7 RF 최찬동 좌투좌타 (3학년)
8 SS 박찬민 우투우타 (1학년)
9 2B 박윤수 우투좌타 (1학년)

중심 타선까지 이어지는 막강 좌타 라인을 세우고, 류현석을 6번으로 내려 조금이라도 부담을 덜어 주는 것.

그리고 하위 타선에서 좌우 타자를 섞어 주는 것.

강시환이 빠진 지금 인천고에서 나올 수 있는 최고의 라인업이었다.

소식을 들은 최고석은 뛸 듯이 기뻐했다.

"어후, 속이 다 시원하네. 큰 건 하나 했다! 흐하하하!"

진우에게 가장 먼저 전화를 넣은 최고석은 서진섭을 찾았다.

"형님, 브로커 잡았답니다. 이거 완전히 저희 쪽에서 다 한 거라니까요!"

안 그래도 덩치가 큰 최고석이 의기양양해하자, 서진섭이 얼굴을 찌푸렸다.

"목소리 좀 낮춰라. 환자들 도망가겠다. 그건 그렇고, 내일 동산이랑 인천고가 붙잖아? 그럼 어떻게 되는 거야?"

최고석은 아차 싶었는지 곧바로 되물었다.

"참, 브로커 잡는다고 그대로 조작 진행하기로 했었죠? 이제 잡았으니까 조작 없이 가는 거 아닙니까?"

"글쎄… 그건 맞는데."

서진섭이 뜸을 들이자 최고석이 다시 물었다.

"흠……. 혹시 조작 내용이 대충 뭐였는지 아십니까?"

"승패 맞히기에 언더 오버 있고, 1회 첫 타자 볼넷, 매 회 초구 볼, 5회 병살타. 뭐 이런 거더라."

"생각보다 복잡하네요. 야구만큼 조작하기 어려운 것도 없을 건데. 아무튼, 이제 터뜨려도 되는 거 아닙니까?"

가장 주요 용의자를 자신의 힘으로(?) 체포한 상황.

최고석은 당장이라도 언론에 터뜨리고 싶어 하는 눈치였다.

진우를 두고 벌이는 보라스, 양상웅과의 경쟁에서 앞서 나간다는 생각이 컸다.

서진섭은 신중한 반응이었다.

"아직 수사도 더 지켜봐야 하고, 당장 조작을 멈추라고 얘기를 넣으면 이재성이도 하차해야 하는 거야. 동산은 내일 경기가 엉망이 되겠지. 진우가 그걸 바랄까?"

"그건 자기들이 자초한 거 아닙니까! 인천고에선 자체적으로 곧장 열외 조치했잖아요."

최고석이 다시 목소리를 높이자, 서진섭이 양손을 들어 진정시켰다.

"이재성이 우리한테 먼저 털어놓은 것도 생각해야지. 좋든 싫든 브로커 잡을 때까지 티 내지 않기로 했던 거잖나."

그때, 최고석의 전화벨이 울렸다.

입을 열다 말고 휴대폰을 꺼내 든 최고석은 액정에 뜬 이름을 보더니 서진섭에게 보여 줬다.

"어, 여보세요?"

(예, 팀장님. 윤진우입니다. 통화 가능하신가요?)

"그럼. 준비는 잘돼 가고?"

(예, 덕분에 잘되고 있습니다. 혹시 동산 선수들도 브로커 잡혔다는 걸 알고 있습니까?)

서진섭과 최고석의 대화를 예상이라도 한 듯한 진우의 말이었다.

최고석이 떨떠름하게 답했다.

"안 그래도 전화를 넣을까 하는 참이었어."

진우가 단단한 목소리로 말했다.

(그 선수들이 알든 모르든, 저희는 정정당당하게 붙을 겁니다. 다만 동산고 감독 자리가 공석이 된다거나, 선수들이 동요해서 경기를 망치는 일은 없으면 좋겠어요.)

서진섭의 예상대로였다. 진우가 계속 말을 이었다.

(실력으로 이기고 싶습니다. 차라리 아예 조작 못하게 저희가 눌러 버릴 테니까, 이야기 안 들어가게 해 주시면 감사하겠습니다.)

휴대폰 가까이 귀를 댄 채 듣고 있던 서진섭이 최고석을 바라보며 씨익 웃었다.

최고석은 입맛을 다셨다.

"그래도 그렇게까지 배려해 줄 필요가 있을까? 흔들리든

말든 그건 동산이 책임져야……."

(책임은 앞으로 톡톡히 지게 될 건데요. 이번 대회 끝나고 발표해도 늦지 않을 것 같습니다.)

어디까지나 진우의 부탁으로 파기 시작한 일이었다.

게다가 진우를 영입하기 위한 보라스와 양상웅과의 경쟁 아닌 경쟁이 계속되고 있는 상황.

최고석은 마지못한 목소리로 답했다.

"알겠다, 알겠어. 그렇게 하지. 내일 경기장에서 보자고."

(예, 감사합니다. 신세를 졌습니다.)

"신세는 무슨. 컨디션 관리 잘하고."

통화를 마친 최고석이 고개를 천천히 저었다.

"말 한번 똑 부러지게 하네요. 완전히 손바닥 위에 있는 기분이라니까요."

"허허허허, 내가 이렇게 일선에서 물러나고도 맘 졸이지 않는 게 다 이유가 있다니까. 그놈이 아직 1학년이야. 앞으로 인천고 윤진우를 모르는 사람이 없게 될 걸세."

최고석도 맞장구를 쳤다.

"솔직히 진우한테 기대가 커요. 이젠 정말 인천 출신의 슈퍼스타가 나와 줘야 하지 않습니까? 다른 지역은 레전드가 꼭 한 명씩은 있는데, 정작 야구 발상지라는 인천에서는……."

동산고 출신으로 인천 팀 현역이었던 서진섭이었다.

최고석이 서진섭의 눈치를 보며 말끝을 흐리자, 서진섭

이 손사래를 쳤다.

"맞네, 맞아. 자네 말이 맞아. 나도 한가락 했다고 하지만, 한국 야구 레전드로 불리기엔 턱도 없지."

그제야 최고석이 다시 말을 이었다.

"예. 선배님도, 윤 감독님도 쟁쟁하셨지만요. 진우가 딱 드래곤즈 유니폼 입고, 예? 한번 보여 줘야 되지 않겠습니까? 예?"

드래곤즈 유니폼을 입은 진우를 상상하는지, 최고석의 목소리가 점점 커졌다.

서진섭이 그런 최고석을 재차 진정시켰다.

다음 날.

인천고와 동산의 경기를 앞둔 동대문 경기장 관중석이 외야까지 거의 들어찼다.

전국체전 예선에서 벌어졌던 난투극이 전국적인 큰 이슈가 됐었고, 친선전에서 동산이 승리했던 것까지.

인천 사람치고 모르는 사람이 없었다.

그런 두 학교가 봉황대기 8강에서 다시 맞붙는 거다.

고교 야구라고 하면 선수들의 가족이나 구단 관계자, 조금 더 하면 야구를 정말 좋아하는 팬들 정도가 직접 관람을 하는 게 보통이었다.

결승전조차도 절반이나 찰까 하는 정도였다.

그러니 8강전에서 이렇게 관중석이 가득 차는 경우는 고교 야구가 인기몰이를 하던 프로야구 원년 때 이후 최초라고 해도 될 터였다.

고교 야구의 부흥에는 김아린의 특집 기사도 한몫 톡톡히 했다.

인고-동산과의 난투극 이후, 포털 사이트에 고교 야구를 다루는 카테고리가 단독으로 생겼다.

김아린의 단독 칼럼은 가장 영향력 있는 기사로 자리 잡은 것이다.

승부 조작 사건 해결과 연이은 전국대회 경기로 진우가 바쁘게 지내는 동안, 인터넷에서 진우는 유명인이 되고 있었다.

김아린의 최근 기사엔 8천 개가 넘는 댓글이 달려 있었다.

〈인천 야구의 맹주는 누구? 쌍두마차 봉황대기 8강 격돌〉
└sima48** : 인천고 승리 추천, 동산고 승리 비추 주세요.
└overwat*** : 올해 동산이 1승 1무 아님? 무패동산 가자.
└skfight*** : 윗님 야알못. ㅋㅋㅋ 전국체전에서 동산이 한 짓 생각 안 남? 죽빵 한 대 더 맞고 싶음?
└mandoo*** : 갓기택이 인천고 박살 냅니다. 성지 예약.

┗winter18*** : 윤진우♥윤진우♥윤진우♥윤진우♥윤진우♥윤진우♥윤진우♥

　월드 스타라는 특성에 걸맞게(?) 인터넷 반응에 민감하게 반응하던 류현석이 진우에게 휴대폰을 들이밀었다.
　"이거 봤냐? 지금 난리도 아니다. 근데 선발은 난데, 왜 우리학교 응원하는 댓글엔 네 이름만 보이냐?"
　진우는 흘깃 화면을 보다가 이내 그라운드로 시선을 돌렸다.
　"그런 거 자꾸 보다가 눈 나빠진다. 감독님한테 휴대폰 뺏으라고 한다?"
　"얼씨구, 노인네 같은 소리 하네. 야, 진정한 스타플레이어는 대중과 함께하는 거라고. 이 류현석의 완봉승을 지켜보러 온 만원 관중이나 좀 보시지."
　그러면서 진우의 고개를 양손으로 잡아 관중석을 향해 돌리는 현석이었다.
　"그러고 보니 지아가 왔을 건데?"
　현석은 소스라치게 놀라며 두 손을 뗐다.
　"뭐? 지아! 4강부터 온다며! 진짜야? 어디!"
　황급히 1루 측 관중석을 살피던 현석을 향해 진우가 고갯짓을 했다.
　"저기 있네."

교복 차림의 지아는 50명은 족히 넘어 보이는 여학생들 앞에서 응원을 가르치는 중이었다.

"세 번째는 두 팔을 이렇게 모았다가, 반대로 날려 주는 거예요. 그리고 날려 버려! 소리쳐 주세요."

진우가 핫이슈로 떠오른 후, 미니홈피와 포털 카페엔 우후죽순 팬클럽이 생겼다.

인천고에서 정모를 하자는 둥, 근거리에서 찍은 사진을 고가에 판매한다는 둥.

주로 어린 여학생들이 진우앓이를 시작했다.

결국 몇 개월 만에 자기가 팬클럽 회장이라는 사람만 수십 명에 이르는 지경이 됐다.

참다못한 지아는 직접 나서서 팬클럽을 통합해 버렸다.

수십 개에 달하던 팬클럽의 인원들은 진우의 친동생이 직접 나서자 득달같이 몰려들었다.

회원 수는 벌써 전국적으로 4천 명을 돌파했다.

며칠 전.

지아는 밤늦게까지 진우를 기다리다가 퉁명스럽게 말을 던진 뒤, 방으로 들어가 버렸다.

"오해하지 마. 그냥 운동에 집중하라고 내가 관리해 주는 것뿐이니까."

콰앙-

"응……? 뭘?"

현관 앞에서 낑낑거리며 스파이크를 벗던 진우였다.

지아의 말을 대번에 이해하지 못하고 멍하니 되묻자, 지아가 다시 방문을 열고 빼꼼 고개를 내밀었다.

"팬클럽. 내가 회장이야. 그리고 대회 끝나면 정모 한 번 나와."

"팬클럽? 정모?"

"그래. 동산전 꼭 이겨. 오빠 응원하는 팬들이 꼭 이겨 달래."

그제야 지아의 말을 대충 이해한 진우가 빙긋 웃어 보였다.

"알겠……."

콰앙-

"어."

진우는 닫힌 문을 보며 어깨를 으쓱한 뒤 속으로 말했다.

쑥스러워하기는.

윤진우가 포수로 있는 팀은 지지 않는다고.

지켜봐. 이길 거니까.

전광판에 라인업이 올라가면서 동대문 경기장의 관중들이 환호성을 내질렀다.

인천고	동산고
P 류현석	P 김기택

1 CF 국해진	1 2B 이지민
2 3B 성명길	2 LF 정서호
3 LF 나요한	3 DH 여진철
4 C 윤진우	4 C 최승훈
5 1B 김세완	5 1B 김동호
6 DH 류현석	6 3B 서영진
7 RF 최찬동	7 CF 정혁수
8 SS 박찬민	8 RF 김상우
9 2B 박윤수	9 SS 박정학

 선발 김기택과 포수 최승훈을 제외하면 사실 주목할 만한 선수도 없었다.

 그렇게 위협적인 타선도 아니었다.

 하지만 진우는 동산이 강호 경남을 콜드로 제압했다는 사실을 떠올렸다.

 단순히 능력치가 높아서 가능했던 게 아니야.

 뭐지? 뭐가 있는 거야?

 진우는 경기가 시작되기 전 동산고 선수들 전체의 프로필을 살폈다.

 그리고 최승훈에게서 새로운 특성 하나를 발견했다.

 [게임 체인저 Lv2 : 효과 알 수 없음]

효과를 알 수 없다고?

미간을 찌푸리던 진우가 고개를 갸웃했다.

그동안 어떤 선수의 어떤 특성이라도 내용을 알 수 없던 적은 없었기 때문이었다.

저거다.

뭔지는 모르겠지만, 팀 랭크 A-인 동산이 A+ 경남을 제압할 수 있었던 건 저것밖에 없다고.

경기 시작하면 변화가 있는지 지켜봐야겠어.

진우의 시선을 느꼈는지, 멀지 않은 곳에서 포수 장비를 착용하던 최승훈이 진우에게 다가왔다.

190센티미터가 넘는 거구였다.

"네가 윤진우냐? 나 최승훈이다."

최승훈이 무표정한 얼굴로 진우를 내려다보며 손을 내밀었고, 진우가 악수를 받았다.

"예. 부끄럽지 않은 경기 하죠."

185센티미터의 진우였지만 최승훈 앞에선 아무래도 작아 보였다.

키가 큰 류현석과 최은강이 최승훈을 노려보며 경계했다.

최승훈은 그런 선수들을 스윽 훑어보더니 피식 코웃음을 쳤다.

"저번 패배로 이미 너희 팀이 부끄러워하고 있지 않았나?

아! 그땐 네가 없었다 이거지? 하하하하."

 친선전 패배를 언급하며 웃음을 터뜨리는 최승훈에게 진우는 빙긋 웃어 보였다.

"기대하겠습니다."

"기대해. 왜 역사적으로 인천의 맹주가 동산이었는지, 오늘부터 똑똑히 알게 될 거다."

 최승훈이 말을 마치고 돌아서 멀어지자, 류현석이 발끈했다.

"저 자식, 뭐야? 저번엔 최인혁인가 하는 놈이 도발하더니, 이번엔 최승훈이야? 최씨들, 왜 그래?"

 그러자 함께 발끈하던 최은강이 류현석을 노려봤다.

"그게 포인트가 아니잖아! 하여튼 저 자식들 맘에 안 들어. 오늘 콧대를 아주 박살 내 주자고. 현석이 너 털리기만 해."

 류현석이 다시 헛웃음을 쳤다.

"허, 털려요? 이 류현석이요? 지아 남편이 될 남자가요?"

 말을 뱉은 현석이 슬쩍 진우의 눈치를 봤는데, 진우는 무언가 골똘히 생각 중이었다.

 역대 전국대회 우승 기록이나, 심지어 상대 전적에서도 동산이 우위를 점하고 있는 게 사실이었다.

 어떤 스포츠에서도 패자는 말이 없는 법이었기에 진우는 묵묵히 승리를 위한 볼 배합을 구상했다.

 그동안 우리가 말이 없어야 했다면, 이젠 패자를 바꿔 줄게.

인천 1등부터 먹고 간다.

경기는 인천고의 선공으로 시작됐다.

동산 선발 우완 김기택을 맞아 좌타 라인으로 배치된 인천고 타선은 예비 국가대표가 4명이나 포진한 막강 타선이었다.

스위치 타자 국해진은 좌타석에 들어섰고, 진우는 각종 버프를 확인한 뒤 국해진의 프로필을 열었다.

[인천고 / 랭크 A+]
■ 국해진 ↗ / 랭크 B+ (2학년. 우투양타. 180cm, 90kg)
■ 선호 포지션 : 중견수CF
■ 능력 : 오버롤 83
컨택 85 파워 79 주루 87 수비 83 송구 85
■ 특성 :
-찬스 메이커 Lv2 : 선두 타자 상황에서 모든 능력치 +4
-지박령 Lv2 : 상대 투구 커트 성공률이 높아짐. 컨택 +4
-그린 라이트 Lv2 : 도루 성공 확률이 높아짐. 출루 시 주루 +4
■ 특이 사항 : 선호 타선으로 출전 시 파워 대폭 상승

모든 특성이 레벨 2가 돼 있었고, 오버롤 역시 상당히 올라 있었다.

거기다 버프 효과를 적용하면 오버롤이 117까지 올라갔다.

[컨택 118 파워 113 주루 120 수비 116 송구 118]

국해진뿐만 아니라 경기 시작 이후의 인천고 중심 타선은 오버롤 110을 훌쩍 넘기는 수준이었다.

진우는 김기택의 프로필을 열었다.

[동산고 / 랭크 A-]
■ 김기택 ↑ / 랭크 B+ (3학년. 우투우타. 183cm, 92kg)
■ 선호 포지션 : 선발 투수SP
■ 능력 : 오버롤 83
구속 91 제구 91 변화구 82 체력 79 멘탈 82
■ 특성 :
-우타 킬러 Lv3 : 우타자 상대 시 모든 능력치 +6 (좌타 상대 시 모든 능력치 -6)
-슬로 스타터 Lv2 : 2이닝 이후 구속, 구위 +2
-승부사 Lv3 : 2B 이후 구속, 구위, 제구 +6, 체력 -6

3학년치고 특성이 많은 것도 아니었고, 심지어 '우타 킬러' 특성은 막강 좌타 라인 인천고에겐 오히려 고마운 특성이기도 했다.

진우는 김기택의 특성 '승부사'에 집중했다.

2볼 이후에 능력치가 올라간다고······?

불리한 카운트에서 강해지는 특성이다. 질질 끌면 오히려 말릴 수도 있겠어.

경기 시작과 함께 동산고 역시 버프를 받으면서 김기택의 오버롤이 100 가까이 올라갔다.

하지만 수치만으로 봤을 때는 인천고 타자들이 결코 밀리지 않았다.

게다가 이미 어느 정도 고전을 예상했는지, 경기 시작과 함께 동산의 원투펀치 박경택이 불펜에서 몸을 푸는 중인 동산이었다.

"플레이볼!"

김기택이 최승훈의 미트로 초구를 뿌렸다.

딱!

국해진은 초구부터 과감하게 배트를 돌리며 타이밍을 맞추기 시작했다.

'147? 빠르긴 한데, 이미 겪어 본 구위야. 오늘 아주 박살을 내 줄게.'

좌측 파울을 만들어 낸 뒤 전광판을 보며 고개를 끄덕이는 국해진이었다.

청룡기 때부터 붙박이 선두 타자로 자리매김한 국해진.

그만큼 인천고 타자 중에서 가장 많은 타석에 들어섰고, 급격한 성장세를 보이고 있었다.

진우 역시 그걸 잘 알고 있었기에 국해진이 출루해 주길 기대하며 승부를 지켜봤다.

해진 선배가 출루를 하느냐, 마느냐는 하늘과 땅 차이야.

김기택이 로케이션은 좋아도 변화구는 밋밋하니까.

타이밍만 잘 잡으면 이길 수 있어.

국해진은 스트라이크존 안에 들어오는 공을 연이어 쳐냈다.

하지만 타이밍이 조금씩 늦으면서 파울이 나왔다.

그러면서도 노련하게 볼을 걸러 내면서 2-2까지 승부를 끌고 갔다.

진우는 2B까지 늘어난 카운트를 확인한 뒤, 김기택의 구위를 유심히 살폈다.

제6구.

슈아아악-

잡으러 들어오는 바깥쪽 속구였다.

타이밍을 맞춰 국해진이 배트를 돌렸고,

딱!

정타가 된 타구는 유격수를 향해 쏘아져 나갔다.

"윽!"

동산의 유격수는 강습 타구를 몸으로 막아 낸 뒤, 바닥을 구르는 공을 집어 들어 1루로 뿌렸다.

"아웃!"

잘 때리고 잘 막은, 인천고 입장에선 정말이지 아쉬운 타구였다.

"저걸 막네. 갈비뼈 나간 거 아니야?"

"진짜 아깝다. 와……."

인천고 벤치에선 탄식이, 동산고 벤치에선 박수가 터져 나왔다.

"나이스 플레이!"

"동산 파이팅!"

김기택이 유격수에게 박수를 보냈다.

'어려운 타자 하나 잡았다. 이제 성명길인가? 참 나. 무슨 배짱으로 죄다 1, 2학년이야?'

3학년 김기택으로서는 주전 라인업에 3학년이 2명뿐인 인천고를 이해하기 힘들었다.

심지어 그 라인업으로 청룡기 준우승까지 갔다는 것 역시.

주로 플래툰으로 기용되던 성명길이 타석에 들어서자, 최승훈이 벤치를 한 번 쳐다봤다.

동산 벤치에선 변화구 위주의 승부 사인이 나왔다.

최승훈이 마스크를 고쳐 썼다.

상대 투구를 커트해 내는 '지박령' 스킬이 레벨 3에 이르는

Chapter 15 • 277

성명길이었다.

김기택이 쉽게 생각했던 승부는 11구까지 이어졌다.

풀카운트에서 제12구, 김기택은 눈높이로 헛스윙을 유도하는 속구를 뿌렸다.

부웅-

"아우웃!"

헛스윙 삼진으로 물러났지만, 성명길은 끈질길 승부 끝에 김기택의 1회 투구 수를 18개까지 늘리며 제 역할을 톡톡히 해냈다.

투구 수가 많아져 어깨를 풀어 보던 김기택은 타석에 들어선 나요한이 성호를 긋는 걸 보며 헛웃음을 흘렸다.

"허……."

나요한은 이제 익숙해진 자신의 루틴을 가져가면서 천천히 마음을 진정시켰다.

"악에서 구하소서."

나요한의 루틴을 처음 지켜보는 최승훈이 뜨악한 표정으로 흘깃 쳐다봤다.

나요한은 차분한 얼굴로 마운드를 응시하는 중이었다.

"다 했냐?"

"……."

마치 예수님이라도 된 듯 평온한 얼굴로 흔들림 없는 나요한이었다.

최승훈은 바깥쪽 떨어지는 공에 약점을 가지고 있다는 나요한에 대한 전력 분석을 떠올렸다.

'몸 쪽으로 바짝 하나 붙입시다. 이 자식 움찔하는 거 한 번 보자고요.'

최승훈의 사인을 접수한 김기택이 입꼬리를 올리며 고개를 끄덕였고, 제1구가 던져졌다.

슈우우욱-

뻐억!

나요한은 턱을 스치듯 위협적으로 들어오는 공에도 자세를 유지했다.

김기택을 바라보고 있는 고개조차 돌리지 않았다.

그러자 오히려 당황하는 쪽은 김기택이었다.

'뭐야? 뭐 저런 게 다 있어?'

나요한이 다시 평온한 얼굴로 성호를 긋고, 배트로 십자가를 그리기 시작하자 김기택은 마른침을 삼켰다.

인천고 측 응원 단상에선 지아를 중심으로 한 팬클럽의 열띤 응원이 계속되는 중이었다.

"나! 요! 한! 쭉쭉- 날려 버려!"

"인고의 3번! 나요한 안타! 안타안타안타!"

앳된 목소리들이 선창을, 가족 단위의 팬들이 후창을 하면서 동대문 구장이 제법 시끄러워졌다.

전에 없던 응원 소리가 내심 신경 쓰이는지, 김기택은 고개를 한 번 흔들어 보인 뒤 제2구를 준비했다.

'그래 봤자 1학년이라고. 윤진우까지 가기 전에 끝낸다.'

타자에게 가장 먼 코스로 속구를 집어넣은 김기택은, 같은 코스에 체인지업을 던져 헛스윙을 유도했다.

하지만 나요한은 꿈쩍도 하지 않으며 김기택을 물끄러미 바라만 보는 중이었다.

김기택은 흔들리기 시작했다.

'왜 가만히 서 있기만 하는 거냐고? 눈싸움이라도 하자는 거야, 뭐야?'

볼카운트 2B 1S.

김기택은 최승훈의 바깥 쪽 사인을 무시하고 한가운데 속구를 꽂았다.

뻐억!

여전히 나요한은 요지부동이었다. 그러자 김기택은 더 볼 것도 없다는 듯 자신의 주 무기인 패스트볼을 먼 쪽으로 찔러 넣었다.

슈아아악-

그때 나요한이 기다렸다는 듯 배트를 돌려 버렸다.

빡!

회전수가 좋은 김기택의 볼을 힘으로 찍어 쳐 버린 타구였다.

"그렇지! 쳤다!"

"와아아아!"

타구는 빠르게 포물선을 그리며 좌중간을 갈라 버렸다.

나요한은 전속력으로 2루까지 들어갔다.

김기택은 허탈하다는 듯 작게 한숨을 내쉬며 2루를 바라봤다.

그리고 걷잡을 수 없이 커진 응원 소리에 얼굴을 찌푸리며 타석을 향해 고개를 돌렸다.

타석엔 힘차게 배트 스윙을 몇 번 해 보인 진우가 당당한 자세로 들어서고 있었다.

"인천고의 4번 타자 누구!"

"윤진우!"

"인천고의 4번 타자 누구!"

"윤진우!"

유행하는 노래에 맞춰 개성 있게 만든 응원가가 울려 퍼졌다.

지아와 친구들이 단상에서 율동으로 선창을 외치면 관중들이 진우의 이름을 외치는 식의 응원이었다.

아무것도 안 하는 척하더니, 선수별로 응원가까지 준비한 거야?

기특한 것.

어려울 것 없이 신나는 응원에 관중들의 목소리는 점점 커졌다.

진우는 관중석을 향해 한 번 빙긋 웃어 보이고 마운드를 노려봤다.

"꺄아! 방금 봤어? 나한테 웃어 줬어!"

"죽을래? 나랑 눈 마주쳤거든! 오빠아!"

자지러지는 소녀 팬들의 성화에 류현석이 떨떠름한 표정을 지었다.

"우씨… 좋겠다. 나도 지아가 응원해 주겠지?"

배트를 단단히 고쳐 잡은 진우는 오늘 경기의 퀘스트와 이벤트를 상기했다.

[새로운 퀘스트가 발생합니다.]

[이번 정규 경기에서 아래 기록을 달성할 시 보상 적용]

[팀 실점 3점 미만 : 선수단 전원 모든 능력치 +2 (영구 적용)]

[팀 세이브 성공 : 투수 전원 멘탈 +3 (영구 적용)]

[팀 도루 5회 : 타자 전원 주루 +3 (영구 적용)]

[이벤트 연속 성공 시 칭호를 획득할 수 있습니다. (제물포고교 완료, 동산고교 미완료)]

[트로이카의 지배자(1/2) : 라이벌 고교와의 경기 승리로 획득. 라이벌 고교와의 경기 시 선수단 전원 모든 능력치 +2]

현석이가 최대한 막아 줘야 해.

도루는 해진 선배나 윤수, 찬민이가 해 주면 좋겠고.

이번 경기에서 다 챙길 수 있다면 순식간에 또 엄청난 전력 상승이 가능하다고.

 욕심이 나지 않을 수 없는 보상들이었다.

 진우는 최승훈이 고의사구를 내지 않기만을 바라며 초구를 기다렸다.

 제1구.

 김기택은 바깥쪽 아래 코스로 체인지업을 떨어뜨렸다.

 됐다!

 최승훈 배터리가 이번엔 승부를 피하지 않겠다는 뜻을 드러내자, 진우가 고개를 끄덕였다.

 경기 전, 윤진우에 대한 전력 분석 자료를 받아 든 최승훈은 입맛을 다셨다.

 "전부 다 핫존이라고요?"

 동산의 작전 코치는 보는 대로라는 듯 어깨를 으쓱해 보였다.

 "스트라이크존을 9등분이 아니라 16등분을 해서 봐도, 딱히 약점이랄 게 없어. 어지간하면 승부하지 말고, 고의사구 내라."

 "……"

 최승훈은 전국체전 예선에서 역전패를 당할 뻔했던 기억을 떠올리며 말을 아꼈다.

 '대단한 놈인 건 알겠는데, 콧대를 꺾어 줘야겠다고요. 신참 포수 주제에 날뛰는 꼴 보기 싫으니까.'

초구가 볼이 됐지만 김기택은 아직 자신만만했다.

특성이나 능력치를 알 순 없지만, 2B 이후 자신의 제구와 구위가 좋아진다는 것을 본능적으로 아는 눈치였다.

2사 주자 2루.

지금 나와야 할 것은 장타가 아니더라도 득점권 주자를 불러들일 수 있는 단타여야 했다.

진우가 그걸 모를 리 없었다.

동체 시력 덕분에 컨택은 문제없어.

타이밍 싸움이다.

바깥쪽 체인지업을 떨어뜨렸으니……

남은 건 최승훈과 진우의 수싸움이었다.

진우는 존 안에 들어오는 공이라면 망설이지 않고 쳐 내기로 생각을 정리했다.

제2구.

최승훈 배터리는 바깥쪽에서 안으로 들어오는 슬라이더를 선택했다.

먼 쪽에서 조금 덜 먼 쪽으로 들어오는 공.

좌타자 입장에선 가장 건드리기 힘든 코스였다.

하지만 밋밋한 김기택의 변화구를 진우가 놓칠 리 없었다.

타악!

진우가 망설임 없이 배트를 돌렸는데, 타구는 좌측 라인 바깥쪽으로 살짝 휘어져 나가며 파울이 됐다.

최승훈이 고개를 갸웃했다.

'이걸 커트해? 조금 밋밋했나? 이번엔 몸 쪽이다.'

최승훈은 일부러 바깥쪽으로 조금 멀어져 앉으면서, 미트는 몸 쪽을 향해 뻗었다.

고개를 끄덕인 김기택이 제3구를 뿌렸다.

"흡!"

슈아아악-

카운트를 잡기보단 기습적으로 몸 쪽을 찔러 넣으면서, 진우의 시선을 흩뜨리려는 목적의 공이었다.

진우는 그 정도쯤이야 충분히 예상하고 있었다는 듯 가볍게 상체를 뒤로 젖히면서 걸러 냈다.

공은 훤히 보이는데, 이제 2B이잖아?

구속, 구위, 제구까지 +6이 되는 특성이었다고.

신중하게 가자.

김기택의 '승부사' 특성을 떠올린 진우가 빠르게 머리를 굴렸다.

시선을 교란시키고 다시 먼 쪽으로 카운트를 잡겠다는 건가?

이어진 제4구. 김기택은 역회전 싱커를 뿌렸다.

상대적으로 변화구 능력치가 낮은 김기택의 볼이었다.

하지만 좌타자 몸 쪽으로 오는 듯하다가 바깥쪽 아래로 뚝 떨어지는 싱커는 고교 수준에서 보기 힘든 구종인 건 확실했다.

진우는 차분하게 공의 궤적을 끝까지 살피며 기다렸다.

이런 건 쳐 봤자 땅볼이야.

이제 카운트는 3B 1S.

투수 입장에선 무조건 잡으러 들어와야 하는 상황이었다.

물론 무리하지 않고 볼넷을 줄 수도 있었지만, 최승훈과 김기택의 표정은 절대 볼넷 따위는 주지 않겠다는 듯했다.

"윤진우! 홈런!"

"홈런! 홈런! 홈런!"

유리한 카운트가 되자 관중석의 응원이 더욱 거세졌다.

김기택은 내심 신경 쓰이는 듯 거칠게 침을 뱉었다.

긴 시간 마운드에서 포수를 향해 서 있던 진우였다.

자신에게 홈런을 주문하는 응원이 들려오자, 정반대의 위치에서 마운드를 향해 선 스스로가 새삼 느껴지며 웃음이 나왔다.

그래, 내가 고교 야구에 와 있었지.

프로가 아니라고.

이 정도 싸움에서 밀릴 윤진우가 아니라고.

김기택은 진우가 피식 웃어 보이자 발끈하면서 바로 승부를 걸어왔다.

최승훈의 변화구 사인을 무시한, 바깥쪽 전력투구였다.

슈아아악-

진우가 그에 응수하듯 시원하게 배트를 돌렸고,

따악!

"와아아아!"

"꺄아아악!"

벌써 저만치 까마득히 좌중간을 찢어 가는 공에, 환호성이 폭발했다.

149km/h의 강속구를 그대로 힘 있게 밀어 버린 타구였다.

2루 주자 나요한이 내달리기 시작했다.

타구를 힐끔 확인한 진우는 여유 있게 1루를 향해 달려갔다.

"터졌다! 투런!"

"예쓰! 그렇지!"

코칭스태프의 환호에 윤 감독도 주먹을 불끈 쥐어 보였다.

동대문 좌측 펜스를 훌쩍 넘어간 공을 잡기 위해 외야석에 자리한 수십 명의 관중들이 달려들었다.

"어딨어! 내 거야!"

"저기 있다, 저기! 비켜!"

모처럼 편안한 마음으로 경기를 지켜보던 최고석은 타구가 담장을 넘기자 벌떡 일어나 웃음을 터뜨렸다.

"흐하하하. 거, 공 한번 시원하게 넘겼네!"

옆에서 그 모습을 지켜보던 김아린도 방긋 웃었다.

"팀장님도 참. 윤진우 선수 홈런 처음 보세요? 벌써 올해 8호 홈런인데요. 그나저나 크긴 크네요."

"하하하. 저 친구 홈런은 꼭 사람 미치게 만든다니까. 김기택 상대로 1회부터 넘겨 버릴 줄 누가 알았겠어요?"

스카우트들도 딱히 한 팀의 우세를 점치기 어려워했던 경기였다.

에이스 투수의 맞대결인 만큼 치열한 투수전을 예상했는데, 이제부턴 류현석의 투구에 경기의 승패가 달려 있다고 해도 과언이 아닌 상황이었다.

사진 기자의 촬영을 확인한 김아린은 흥미롭다는 듯한 목소리로 말을 이었다.

"일단 기선 제압은 인천고에서 성공했고, 류현석 선수가 얼마나 막아 줄지가 관건이겠네요."

최고석은 흐뭇한 얼굴로 고개를 끄덕였다.

"친선전 때의 류현석이 아니니까, 볼만할 거요."

순식간에 2대 0의 리드를 가져간 인천고의 다음 타자는 김세완이었다.

단순한 걸 좋아하는 김세완은 주자 없는 2사 상황이 되자, 개운한 얼굴로 타석에 들어섰다.

'공만 좀 던지게 하다가, 풀스윙이다.'

한 방 얻어맞은 김기택은 또 다른 1학년이 여유만만한

얼굴로 타석에 들어서자 분통이 터졌다.

'이 자식들이, 나를 뭘로 보고······.'

진우의 콧대를 꺾으려다가 선방을 얻어맞은 뒤 분한 건 최승훈도 마찬가지였다.

'맞은 건 되갚아 준다. 기다려라.'

그러곤 빨리 1회를 마무리하기 위해 속구 사인을 냈다.

'낮은 코스로 팍팍 넣고 끝내자고.'

자존심이 상한 김기택이 김세완을 향해 148의 강속구를 뿌렸다.

"윽!"

김세완은 배트를 내진 않았지만, 스윙하고 싶은 걸 억지로 참는 게 선연하게 드러났다.

그러자 최승훈이 뜨악한 얼굴로 김세완을 쳐다봤다.

'뭐야, 이 자식은?'

인천고 타자 중에서 가장 펀치력이 좋은 김세완이었다.

하지만 복잡한 수싸움이 불가능한 타자였다.

그저 노림수 하나 가지고 들어가선 시원하게 돌려 버리는 맛에 야구하는 놈이었으니까.

진우는 김세완에게 신신당부를 했다.

"무조건 3개는 던지게 해야 해. 3개. 어렵지 않지?"
"3개. 오케이."

김세완은 경기 전 진우의 주문을 떠올리며 침착하려 애썼다.

제2구.

복판으로 들어오는 속구에도 김세완의 배트는 나오지 않았다.

괜한 걱정을 했다는 생각에 김기택은 곧바로 패스트볼을 꽂았다.

하지만 김세완도 더 이상 기다리지만은 않았다.

"그으악!"

괴성(?)과 함께 공중을 가른 김세완의 배트는 공을 부숴 버릴 듯 큼직하게 돌아갔다.

빠악!

"어, 어!"

"크다! 가나요! 가나요!"

펜스 정중앙을 향해 미친 듯이 쏘아져 나간 타구는 전광판 하단을 직격했다.

라인 드라이브 홈런이었다.

"그러췌! 김세완이!"

"와……."

채 코치가 주먹을 내지르며 소리쳤고, 타격 코치 안치효는 감동이라도 받은 듯 눈물까지 글썽였다.

임무를 완수한 김세완이 만족한 얼굴로 홈을 밟은 뒤, 6

번 타자 류현석과 하이파이브를 했다.

"공 3개 던지게 했다. 잘했지?"

"님 짱. 최고."

6번으로 내려온 류현석은 진우와 세완의 활약에 내심 라이벌 의식을 느꼈다.

'둘 다 홈런 쳤는데, 내가 뻭사리 낼 순 없지. 이래 봬도 강타자라고. 참, 응원!'

타석에 들어선 류현석은 일부러 타임을 요청한 뒤, 지아의 응원에 귀를 기울였다.

"인천 대표 1선발 누구!"

"류현석!"

"인천 대표 1선발 누구!"

"류현석!"

자신의 이름을 연호하는 수많은 목소리 중 지아의 목소리를 캐치하려 실눈을 뜨던 류현석이 만족한 웃음을 흘렸다.

"호호호, 그렇지. 내가 바로……."

그러자 최승훈이 못 볼 걸 봤다는 듯 얼굴을 찡그렸다.

'하나하나 미친놈들인가. 뭐가 이렇게 여유 있어?'

김세완을 너무 쉽게 봤다는 자책도 잠깐.

상대 선발이 타석에 들어서자, 더 볼 것도 없다는 듯 최승훈은 공격적인 사인을 냈다.

'빨리 좀 끝냅시다. 근질근질하네.'

던지고 싶은 공을 던지라는 프리 사인을 낸 최승훈이 미트를 빼자, 김기택이 고개를 끄덕였다.

'이미지 망치겠네. 저 돼지 잡고 다시 풀어 가자.'

6번에 와서야 처음으로 나온 우타자였다.

김기택은 바깥쪽으로 흘러나가는 슬라이더를 선택했다.

슈우우욱-

터억!

"스트라이익!"

류현석은 공이야 어떻게 오든 관심 없다는 듯 응원 소리에 귀를 기울이며 흥얼거렸다.

"인천 대표. 흐흥."

고개까지 까딱이는 류현석의 모습에 김기택은 미칠 지경이었다.

'저, 저 돼지 새끼가!'

류현석은 안타를 칠 생각이 전혀 없는 사람처럼 배트를 반만 돌려 대며 스트라이크를 커트해 냈다.

"파울!"

"파울!"

8구까지 이어진 승부.

이젠 응원하는 목소리도 슬슬 지쳐 갈 때쯤이었다.

분노한 김기택이 헛스윙을 유도하기 위해 바깥쪽 체인지업을 뿌렸고,

딱!

류현석은 엉겁결에 자세가 무너지며 공을 내야로 쳐 버렸다.

배트 끝에 걸린 타구는 마운드의 김기택을 향해 쏘아져 나갔고, 투구를 마친 어정쩡한 자세의 김기택은 허겁지겁 글러브를 갖다 댔다.

턱.

방향을 잃은 공은 김기택의 발 언저리에 머물렀다.

김기택은 사방을 두리번거리다가 겨우 공을 찾아 들곤 1루에 뿌렸다.

"아웃!"

그야말로 가까스로 이닝을 마무리한 김기택이었다.

거의 만신창이가 된 기분이었다.

'이미지 완전히 배렸네. 투구 수도 30개가 넘었다고.'

1루로 전력 질주를 해 봤지만 느린 발 때문에 아웃이 된 류현석은, 아웃이 된 사실보단 응원을 더 듣지 못해 못내 아쉬운 눈치였다.

관중석 한쪽에서 경기를 지켜보던 니키는 평소 잘 쓰지 않는 안경을 꺼내 썼다.

'이제부터가 중요해. 투수 소모가 많았던 인천고야. 만약 오늘 이기면 하루걸러 4강전에 결승전이다. 류현석이 얼마나 버텨 줄지가 중요해.'

모처럼 경기장을 찾은 보라스는 서련과 함께 진우의 활약을 기뻐했다.

"얼마나 흥미진진했는지, 벌써 한 3회는 지난 기분이네요. 미스 양, 이제 미스터 윤 배터리가 나오겠군요."

고개를 내밀고 인천고 벤치를 살피던 서련은 빠르게 고개를 끄덕였다.

"네. 잘할 수 있겠죠? 진우가 잘해 주겠죠?"

보라스는 서련을 물끄러미 바라보다가 되물었다.

"미스터 윤한테 들었어요. 미스 양도 야구를 했었다면서요? 포지션이 뭐였나요?"

여전히 진우를 찾느라 정신이 없던 서련은 그제야 보라스에게 시선을 옮겼다.

"진우가 그런 얘기를……. 저는 포수였어요."

"오! 정말입니까? 미스 양이 캐처를?"

서련은 옛 기억을 떠올리는 듯 고개를 살짝 치켜들었다.

"포수는 가장 힘든 포지션이잖아요. 특히 이런 여름에 장비를 차고 쪼그려 앉아 있자면, 일주일에 몇 킬로그램씩 빠지곤 했어요."

프로텍터를 착용한 서련의 모습을 그려 보는 건지, 보라스는 고개를 살짝 뒤로 뺀 뒤 서련을 요리조리 살폈다.

서련이 말을 이었다.

"정말 힘들었는데, 또 너무 멋있었어요. 약속된 코스로 강속구를 받아 내면서 삼진을 잡을 때, 또 2루를 훔치는 주자를 있는 힘껏 던진 공으로 잡아낼 때. 그때의 희열은 무엇과도 바꿀 수 없었어요."

기억을 재생한 뒤 쓸쓸하게 웃는 서련에게 보라스가 말했다.

"미스터 윤이 그러더군요. 미스 양의 소원을 자기 손으로 꼭 이뤄 줄 거라고요. 전국대회 우승."

다시는 자기 손으로 이룰 수 없는 꿈이었다.

그래서 진우에게 넋두리처럼 늘어놓기도 했던 말.

그 말이 보라스에게 다짐으로 들어갔을 줄은 상상도 하지 못한 서련이었다.

"진우가……. 진우라면."

서련의 입가에 뿌듯한 웃음이 걸리는 걸 보고, 보라스가 그라운드로 시선을 옮겼다.

"그게 아마추어만의 매력이겠죠. 아직 덜 다듬어진, 하지만 누구보다 큰 꿈을 가진 선수들의 싸움이니까요. 지금 그라운드에 있는 저 선수들이 1년 후에, 2년 후에 어떤 유니폼을 입고 있을지 아무도 모르는 거니까요."

의미심장한 보라스의 말에 서련이 천천히 고개를 끄덕

였다.

1회 말.
동산의 1번 타자 이지민이 타석을 향해 걸어왔다.
현석의 연습구를 몇 번 받아 본 진우는 고개를 끄덕이며 자리에서 일어섰다.
그리고 프로텍터 가슴팍을 주먹으로 두들겼다.
"좋다! 이대로만 가자! 인고!"
"악! 악! 악!"
진우의 선창에 외야, 내야에서 대기 중이던 인천고 야수들이 곧바로 화답해 왔다.
누가 보면 동산이 아니라 인고의 공격으로 착각할 법한 분위기였다.
"플레이볼!"
마운드의 류현석은 내심 어느 때보다 흥분해 있었다.
하지만 경기 재개를 알리는 엄파이어의 외침을 듣자마자 무섭게 집중하기 시작했다.
'진우 다치고 지아한테 죽을 뻔했어. 동산이랑 친선전에선 내가 선발로 나갔다가 져 버렸지. 오늘 지아가 응원가까지 불러 줬는데, 이거 망치면… 진짜 죽는다고.'
현석의 머릿속에 우승 같은 건 있지도 않았다.
오직 지아로부터 살아남아야겠다는 마음뿐이었다.

어릴 적부터 지아를 봐 왔던 현석은 지아에 대한 애증(?)의 기억을 수두룩하게 갖고 있었다.

연년생.

지아의 머릿속엔 '오빠를 죽여!'가, 진우의 머릿속엔 '지아를 죽여!'라고 새겨져 있기라도 한 듯 두 사람의 유년기는 매일이 전쟁이었다.

물론 중학교에 들어가면서부터 치고받고 싸우는 일은 없어졌지만, 냉담한 눈길은 여전했다.

둘의 싸움의 여파는 언제나 진우의 단짝 현석에게도 미쳤었다.

한 번은 진우의 집에 놀러 갔는데, 진우와 지아가 마침 싸우고 있었다.

"진우 집에 있… 헉!"

"야, 튀어!"

갑자기 현관에서 나타난 진우가 맨발로 도망치기 시작했다.

곧 프라이팬을 집어 든 지아가 그 뒤를 쫓아왔다. 그런데 엉겁결에 같이 도망치던 현석이 그만 돌부리에 걸려 넘어지고 말았다.

지아는 멀찌감치 달아난 진우를 포기하고 서서히 현석에게 다가왔다.

지익- 지익-

지아의 슬리퍼가 끌리는 소리에 겁에 질린 현석은 말까지 더듬었다.

"지, 지아야, 난 왜……."

퍽! 퍼억!

"컥! 살려, 살려 줘!"

지칠 때까지 현석을 두들겨 팬 지아는 그제야 정신이 들었는지 현석에게 손을 내밀었다.

"흑, 허흑. 응……?"

흠씬 두들겨 맞은 현석이 움찔하자, 지아가 손가락을 까딱거렸다.

"가자. 약 발라 줄게."

끙끙거리며 몸을 일으킨 현석은 공포에 휩싸여 작은 지아의 뒤를 따라갔다.

평온한 얼굴의 지아는 공들여 군데군데 연고를 발라 줬다.

마운드의 현석이 매섭게 눈을 빛내자, 진우가 새삼스럽다는 듯 눈썹을 치켜 올렸다.

뭐야, 저 자식?

아깐 응원 들으면서 낄낄거리더니, 왜 저렇게 불타올라?

진우는 데이터와 프로필을 바탕으로 한 볼 배합을 현석에게 전했다.

다리 사이로 넣은 진우의 오른 주먹, 새끼손가락이 펴졌다

접혔다.

그리고 검지, 새끼손가락이 동시에 펴졌다.

사인을 접수한 현석이 고개를 끄덕였다.

'몸 쪽 커터. 오케이.'

좌타자 이지민을 향한 초구는 커터였다.

슈아아악-

터억!

"스트라아익!"

공을 지켜보던 이지민은 몸을 뒤로 움찔하더니, 진우의 미트를 멍하니 쳐다봤다.

슬라이더 계열의 커터는 슬라이더보다 변화폭은 작지만, 구속이 더 빠르다.

하지만 인천고 투수 중에서 악력이 가장 강한 류현석이었다.

현석의 커터는 슬라이더와 흡사한 변화 폭과 140에 달하는 구속까지 장착되어 있었다.

이지민은 스트라이크 판정에 의문을 가졌다.

'분명 얼굴 쪽으로 오는 패스트볼이었는데? 휘어져서 저기 박혔다고?'

고개를 갸웃하는 이지민에게 두 번째 공이 쏘아져 왔다.

똑같은 궤적, 똑같은 코스의 공.

이지민은 눈까지 질끈 감으며 어정쩡한 스윙을 돌려 버

렸다.

"윽!"

"스트라이익!"

순식간에 2S로 몰려 버리자, 이지민은 얼굴을 팍 찡그렸다.

'이게 말이 돼? 이걸 어떻게 치라고!'

억울하다는 듯 이지민이 마운드를 쳐다봤는데, 현석은 무표정한 얼굴로 뭔가 중얼거리고 있었다.

"…살아야 해. 오래 살아야 해."

"……?"

제3구.

가뜩이나 수세에 몰린 이지민은 알 수 없는 현석의 말에 머리까지 혼란스러워졌다.

"스트라이익! 아웃!"

결과는 그대로 루킹 삼진이었다.

"하……."

동산고 2번 정서호가 우타석으로 향하는데, 벤치로 향하던 이지민이 스치듯 말을 건넸다.

"저거 무슨 공이었냐?"

"아이 씨……. 그걸 나한테 물어보면 어떡해? 내가 물어보려고 했더니!"

3학년 정서호는 3년 동안 통산 전국대회 3할 중반을 쳐 주면서, 제법 호평을 받는 호타준족형 타자였다.

정서호가 고개를 갸웃하며 타석에 들어섰고, 진우는 준비한 사인을 냈다.

새끼손가락. 그리고 다시 새끼손가락.

현석이 고개를 끄덕이고 바로 와인드업에 들어갔다.

'바깥쪽 포크볼. 간다.'

슈우우욱-

부웅-

선두 타자 이지민과의 승부에서 현석이 던진 3구를 생각하던 정서호는 반대쪽 포크볼에 완전히 타이밍을 뺏기며 헛스윙을 냈다.

"포크… 볼?"

혼잣말처럼 내뱉으며 진우를 내려다봤는데, 진우는 다른 사인도 없이 벌써 미트를 내밀고 있었다.

류현석 역시 망설임 없이 공을 뿌렸다.

부웅-

부웅-

"스트라익! 아우웃!"

높낮이를 조금씩 바꿨을 뿐, 똑같은 로케이션의 3구였다.

단신의 정서호는 바깥쪽 꽉 찬 코스에 연신 폭포수 같은 포크볼이 떨어지자, 우스꽝스러운 헛스윙을 돌려 댈 수밖에 없었다.

"후……."

정서호가 고개를 떨구고 벤치로 걸어가는 동안, 스카우트들은 눈과 손을 바쁘게 움직였다.

"140대의 커터로 삼구삼진. 포크볼 삼구삼진. 고교 수준에서 저렇게 낙차 큰 포크볼은 오랜만이네."

"이거, 내후년 드래프트는 정말 볼만하겠어요."

"정규 시즌에서 우리가 일부러 꼴찌 하겠다는 게 우스갯소리가 아니라니까요?"

"올해엔 김광훈이 나오더니, 이젠 류현석까지……. 인천에서 무슨 일이 일어나고 있는 거야?"

최고석은 묵묵히 스카우트들의 대화를 들으면서 흐뭇함을 만끽했다.

'흐흐흐, 진우가 그랬지. 자기보다 류현석한테 공을 들여야 할 거라고. 류현석뿐만이 아니야. 2학년 최은강에 김명수, 배영경……. 줄줄이 대기 중이라고.'

어떻게 하면 이 선수들을 최대한 인천 드래곤즈로 데려올지 고민해야 할 정도였으니, 최고석의 입가에선 웃음이 떠나질 않았다.

인천고 투수들의 체력에 대해 걱정이 많았던 니키도 한숨 돌리는 눈치였다.

'저 정도까지 구위가 올라왔을 줄이야……. 미스터 윤뿐만 아니라 미스터 류와의 자리 역시 마련해 봐야겠어. 일단은 좀 더 지켜볼까?'

타석에 동산고 3번 타자 여진철이 들어섰다.

2학년 여진철은 올해 부쩍 성장한 펀치력으로, 경남고를 콜드승으로 잡아낼 때 4타수 3안타 4타점을 쓸어 담았던 우타거포였다.

류현석은 타석에 누가 들어서든 관심 없다는 듯 진우의 사인만을 주시했다.

진우의 엄지, 그리고 검지가 차례대로 펴졌다.

'몸 쪽 바짝 붙인 체인지업. 간다.'

오직 진우의 사인과 예상 궤적만을 생각하며, 최대한으로 집중력을 끌어 올리는 류현석이었다.

'한 타자당 구질 하나. 공 3개. 잊지 말자.'

동산고와의 경기를 철저히 준비하면서 진우와 최종 전략으로 선택한 방법이었다.

경기 기록을 바탕으로 타자별 약점을 최대한 공략하면서, 동시에 다른 타자들에겐 현석의 공이 눈에 익지 못하게 하는 것.

직접 실행하기가 어려워서 그렇지, 말처럼만 된다면 더없이 효과적인 작전이었다.

"한 명당 공 3개? 오케이."
"그냥 하는 말 아니야. 무조건 그렇게 해야 해."
"무조건? 근데 그게 말처럼……."

"돼. 할 수 있어. 너 1선발이잖아."

"알겠어. 최대한 그렇게 해 볼게."

"아니, 무조건 그렇게 해. 내가 1선발이었으면 무조건 그렇게 만들어 냈을 거다. 이젠 네가 1선발이니까, 그 정도는 증명해 보여."

"…알겠어. 그렇게 할게."

1선발이니 에이스니 하는 호칭의 무게를 아직 실감할 기회가 없던 현석이었다.

어린 나이이기도 했고.

그런데 진우가 단단한 목소리로 단정 지어 말하자, 현석은 새삼 그 무게가 느껴졌던 거다.

현석이 긴장하자 진우가 빙긋 웃었다.

"내가 포수잖아. 공 받아 보면 딱 알아. 넌 지금 고교 최고 투수야. 너 스스로를 좀 더 믿어."

현석이 말없이 입에 힘을 꾹 준 채 고개를 끄덕였다.

그렇게 준비를 단단히 하고 나왔으니, 지금 마운드의 현석은 그동안의 망아지 같던 현석이 아닌 거다.

잔뜩 벼르고 나온 여진철은 벤치의 최승훈을 슬쩍 돌아봤다.

"선배, 나 좀 나가서 칩시다. 예? 어떻게든 좀 출루해 보세요. 내가 나가서 후려갈겨 줄라니까."

직설적이고 공격적인 최승훈의 말이었다.

하지만 3학년 여진철은 그 포스에 압도되어 가만히 고개를 끄덕였다.

여진철은 배트로 허공을 몇 번 갈라 보며 생각을 정리했다.

'그렇게 보채지 않아도 어떻게든 나가야 하는 건 알아. 무슨 애들이 저래 기가 세? 이쪽이나 저쪽이나. 어휴.'

류현석은 아주 대놓고 여진철을 노려보며 눈빛으로 고스란히 속내를 전달하는 중이었다.

'거, 빨리빨리 합시다.'

여진철은 아랫입술을 깨물었다.

'집중하자. 볼넷으로 나가면 천만 원이야. 5회 볼넷이 하나 더 남아 있긴 한데, 5회에 내 타석이 돌아올지 안 올지도 모른다고.'

브로커와의 거래를 떠올리자 속이 타들어 가는 듯했지만, 여진철은 배트를 고쳐 쥐며 마음을 굳혔다.

그런 여진철의 마음을 아는지 모르는지, 류현석은 경기 재개 사인이 떨어지자마자 바로 와인드업에 들어갔다.

'낮은 코스 커브.'

슈우우욱-

진우의 사인대로 공이 뿌려졌다.

앞선 타석에서의 커터와 포크볼을 염두에 두고 있던 여

진철은 그대로 공을 지켜봤다.

초구는 볼이었다.

고개를 끄덕인 여진철이 타석에서 물러섰다 다시 들어왔다.

류현석이 고개를 갸웃하며 표정을 더 굳혔다.

'너무 낮았나? 2센티미터만 더 올려 보자.'

현석과 같은 마음이었는지, 진우의 미트도 미세하게 위로 올라왔다.

"흡!"

류현석이 매끄러운 투구 폼으로 다시 한 번 커브를 뿌렸고,

터억!

"스트라이익!"

이번엔 스트라이크가 들어왔다.

여진철은 여전히 배트를 내지 않은 채 신중하게 공의 궤적을 지켜봤다.

'키가 커서 그런가, 낙차가 엄청난데? 일단 지켜볼까.'

마음만 먹으면 150이 훌쩍 넘는 공을 뿌릴 수 있는 류현석이었다.

하지만 3구 역시 같은 코스의 커브였다.

슈우우욱-

터억!

"스트라익!"

1B 2S의 카운트.
여진철은 여전히 배트를 내지 않았다.

4권에 계속

고작 게임 때문에 살해되었다.
하지만 다시 눈을 떴을 때 나는,
과거로 돌아와 있었다.
이번엔 전생처럼 되지 않으리라.
나는 죽지 않는 광전사다.

www.mayabook.co.kr

www.mayabook.co.kr